Pedro Bandeira

O BEIJO NEGADO

Crônicas da infância do autor
de *A Droga da Obediência*

2ª edição
4ª impressão

Lembrancinhas pinçadas lááá do fundo

São Paulo

Ilustrações
Avelino Gue...

© PEDRO BANDEIRA, 2013

1ª edição (Lembrancinhas pinçadas láááá do fundo), 2006

COORDENAÇÃO EDITORIAL Maristela Petrili de Almeida Leite
EDIÇÃO DE TEXTO Marília Mendes
COORDENAÇÃO DE REVISÃO Elaine Cristina del Nero
REVISÃO Nair Hitomi Kayo, Adriana Bairrada
COORDENAÇÃO DE EDIÇÃO DE ARTE Camila Fiorenza
PROJETO GRÁFICO Camila Fiorenza
ILUSTRAÇÕES DE CAPA E MIOLO Avelino Guedes
DIAGRAMAÇÃO Cristina Uetake, Elisa Nogueira
PESQUISA ICONOGRÁFICA Mariana Veloso, Carlos Luvizari
COORDENAÇÃO DE BUREAU Américo Jesus
TRATAMENTO DE IMAGENS Fábio N. Precendo
PRÉ-IMPRESSÃO Fábio N. Precendo
COORDENAÇÃO DE PRODUÇÃO INDUSTRIAL Arlete Bacic de Araújo Silva
IMPRESSÃO E ACABAMENTO BMK Pró Indústria Gráfica Ltda.
LOTE 287115

Dados Internacionais de Catalogação na Publicação (CIP)
(Câmara Brasileira do Livro, SP, Brasil)

Bandeira, Pedro, 1942-
  O beijo negado / Pedro Bandeira ; ilustrações
Avelino Guedes. — 2. ed. — São Paulo :
Moderna, 2013. — (Série emoções)

"crônicas da infância do autor de A droga da
obediência"
ISBN 978-85-16-08821-7

1. Crônicas - Literatura infantojuvenil 2. Infância -
Crônicas I. Guedes, Avelino. II. Título : A droga
da obediência. III. Título. IV. Série.

13-08147   CDD-028.5

Índices para catálogo sistemático:
1. Crônicas : Literatura infantojuvenil 028.5
2. Crônicas : Literatura juvenil 028.5

Reprodução proibida. Art. 184 do Código Penal e Lei 9.610 de 19 de fevereiro de 1998.

Todos os direitos reservados
EDITORA MODERNA LTDA.
Rua Padre Adelino, 758 - Belenzinho
São Paulo - SP - Brasil - CEP 03303-904
Vendas e Atendimento: Tel. (11) 2790-1300
Fax (11) 2790-1501
www.modernaliteratura.com.br
2019
Impresso no Brasil

Dedico este livro a duas mulheres
chamadas Hilda, que há tempos moram
juntas no lugar mais fofo da minha memória.
A primeira Hilda foi minha mãe,
que me contou as primeiras histórias,
e a segunda Hilda foi a professora
que me alfabetizou para que mais tarde
eu pudesse escrever histórias.
Obrigado, meninas!

SUMÁRIO

1. ANDANDO EM LINHA RETA 6

2. A *MENODIÊ* 12

3. A FILA DO CHOCOLATE 18

4. DUAS CANOAS 24

5. O BOXEADOR DE ILHABELA 30

6. FICA QUIETO, MOLEQUE! 34

7. CHEIRINHO DE PROFESSORA 42

8. O TESOURO DO CAPITÃO CAVENDISH 46

9. MENINOS QUADRADINHOS 54

10. MANUEL 60

11. O BEIJO NEGADO 66

12. AS ESDRÚXULAS 72

13. UM PRECOCE TALENTO MUSICAL 80

14. MENINOS, EU LI! 88

15. O BIROLHO 96

16. ESSE EÇA! 106

17. LER FAZ MAL? 114

18. UM COVARDE 122

19. AS MATINÊS 132

20. A ARMADURA DE LATA 136

21. O SEGREDO DE FLORENCE 144

22. APARELHO NOS DENTES 152

23. UMA ALTERNATIVA AO DESESPERO 156

1. ANDANDO EM LINHA RETA

Eu teria pouco mais de dois anos

de idade e o que vou contar não se baseia apenas no que os adultos da época me relataram tempos depois. Alguns detalhes, espoucando como flashes, ainda estão vivos em minha memória. Gozado como há lembranças tão distantes que permanecem registradas lááá no fundo, e até neurologistas dizem que, mesmo antes de nascer, as crianças participam do mundo, ouvindo e sentindo, mas isso já é outra história.

Esta daqui começa com minha volta para casa de algum lugar para onde havia ido com alguma tia. E voltava fascinado pela vitrine de uma loja de brinquedos pela qual havíamos passado. Para qualquer criança não existe nada mais atraente do que vitrine de loja de brinquedos, embora, depois de grande, pessoas como eu, por exemplo, gostem mesmo é de parar à frente de vitrines de papelarias, aquelas cheias de lápis, pastéis e creions de múltiplas cores, borrachinhas coloridas, estojos, caixinhas, cadernos e bugigangas do tipo.

Mas, como eu só tinha dois anos, era mesmo por vitrine de brinquedos que eu me fascinava. Por isso, quando voltamos para casa, lá fui eu falar daquela descoberta para um menino da minha idade, um vizinho chamado Maurinho. Minha casa ficava perto da praia de Santos, no bairro do Boqueirão e, para mim, a tal loja de brinquedos ficava "logo ali", a alguns passos. Devo ter falado com tal entusiasmo para o amiguinho que, quando o convidei para visitar a loja, ele aceitou na mesma hora. Falado? Será que, aos dois anos de idade, eu já era capaz de falar entusiasmadamente sobre alguma coisa para alguém? E o Maurinho? Será que era capaz de compreender o que ouvia a ponto de ser *convencido* de alguma coisa? Mas aceitemos que eu tivesse falado entusiasmadamente e que ele teria ficado plenamente convencido a ponto de engajar-se na aventura proposta. E lá fomos nós, pela avenida da praia, em busca da loja de brinquedos.

Bem, até hoje meu senso de orientação ainda não é dos melhores e com tão pouca idade devia ser pior ainda. É claro que a tal loja não ficava "logo ali" e nem sei onde ficava. Assim, levei o desavisado menino a andar sem rumo nem sei por quanto tempo.

Naturalmente, o pânico instalou-se nas duas casas, na minha e na do Maurinho.

Duas crianças perdidas!

Talvez raptadas!

O Pedrinho e o Maurinho!

Desespero, berros, choros, arrancares de cabelo...

Logicamente a polícia foi mobilizada e em três tempos atendeu ao chamado.

Soube depois que os experientes policiais informaram que, se o caso não fosse de rapto, mas simplesmente de crianças andando a esmo, a tarefa de nos encontrar poderia ser facilitada, pois, segundo eles, "criança não vira esquina; só anda em linha reta". Hoje fico pensando: como os policiais haviam chegado a uma conclusão como essa? Será que era tão comum assim crianças muito pequenas saírem sozinhas a passeio? Sei lá. Só sei que, sob essa orientação, foram organizados dois grupos de busca, um andando pela calçada da praia em direção ao Gonzaga e outro em direção à Ponta da Praia.

E não deu outra:

lembro-me perfeitamente do surgimento como por encanto de um guarda fardado a nossa frente. O guarda sorria e abria os braços em nossa direção. Mas o Maurinho assustou-se! Fez meia-volta e correu desabalado, só para cair nos braços de um outro policial, que nos cercava por trás. Eu não. O sorriso do guarda deve ter sido mesmo acolhedor e, para mim, eu não estava perdido coisa nenhuma.

Pois é. Fomos encontrados porque andamos sempre em linha reta.

Será que, ao longo da vida, continuamos andando em linha reta, sempre? Ou a estrada que escolhemos é cheia de esquinas, de cotovelos, de descaminhos como um labirinto? Às vezes, a gente se sente mesmo perdido nas armadilhas de algum labirinto, sem saída, sem esperança, e raramente nos aparece alguém simpático, de braços abertos, sorrindo, para nos resgatar. Mas talvez não seja melhor a gente arriscar, dobrar esquinas, atravessar becos, enfrentar desvios, mesmo que às vezes a gente se sinta perdido?

Será que, no fim, vamos encontrar a loja de brinquedos?

2. A MENODIÊ

Numa casa grande

da Avenida Conselheiro Nébias, em Santos, aglomerava-se a família inteira. Além de mim, minha mãe e meus dois irmãos bem mais velhos do que eu (meu pai falecera seis meses antes de meu nascimento), havia casais de tios e umas duas primas adolescentes.

Aproximava-se o Dia das Mães, ou o aniversário só da minha, e eu achei de dar-lhe um presente. De algum modo, tendo ouvido falar ou tendo visto em alguma vitrine de loja, tomei contato com uma novidade importada da França que me encheu os olhos e me fez pensar que muito mais haveria de fascinar minha mãe. Tratava-se de um estojo chique demais, metálico, dourado, onde cabia pouco mais do que um espelhinho, alguns apetrechos de maquiagem e um lenço de linho, dos bem pequenos. E tudo isso merecia um nome francês muito elegante: *menodiê*.

A *menodiê* era um complemento para vestidos de festa de gente rica, daqueles compridos, ousadamente decotados, brilhantes de *strass* e paetês. Eu tinha meus cinco anos e não podia passar por minha cabeça que a *menodiê* não combinaria com os vestidinhos de algodão que minha mãe mesma costurava e tampouco serviria para ser exibida nas festinhas de aniversário de minha família, que oscilava entre a classe média baixa e a classe pobre alta. Não, somente um presente como aquele podia corresponder ao amor que trocávamos.

Resolvi comprar a *menodiê*. Comprar?

Ora, depois de cinco anos de minha presença no mundo eu já havia descoberto que para comprar alguma coisa era preciso ter dinheiro e eu sequer tinha chegado à idade em que crianças ganham moedinhas para comprar balas. Bem, mesmo que tivesse chegado, na certa eu precisaria economizar e ficar um tempão sem estragar os dentes com balas ou caramelos...

Como se consegue dinheiro? Vendendo coisas, é claro, disso eu já sabia. Mas o que eu poderia vender? Foi aí que me lembrei de uma habilidade que, de tanto ser elogiada por minha mãe, eu já estava certo de possuir: eu era o melhor desenhista deste mundo! Qualquer borrão que eu produzia era calorosamente aplaudido por ela. Portanto, estava aí a solução: eu venderia desenhos. Afinal, se meus rabiscos eram tão maravilhosos sob o ponto de vista da pessoa mais importante do planeta, como são todas as mães de acordo com a avaliação de seus próprios filhos, as outras pessoas haveriam de disputá-los a tapa, não hesitando em pagar o que eu precisava até que fosse atingido o valor da caríssima *menodiê*.

Mas como a população do planeta ficaria sabendo que o grande desenhista da Baixada Santista começava sua vitoriosa carreira? Com publicidade, é claro. Decidi que precisaria fazer um cartaz e pregá-lo na frente da casa para que os passantes pudessem fazer fila para comprar minha obras. Foi quando surgiu outro problema: eu não sabia escrever. Bom, eu era capaz de copiar letras de fôrma, mas combiná-las estava ainda longe de ser uma das minhas "incríveis" habilidades. E, como o presente seria uma surpresa, eu não poderia pedir o auxílio nem de meus irmãos nem de minhas primas, tias e tios. Tive então a ideia de pedir a um deles que escrevesse algo como "VENDE-SE UMA CASA" e, a outro, que traçasse "GOSTO DE DESENHOS". Daí, munido de uma folha de caderno, copiei caprichosamente o que eu precisava e foi assim que cometi, num cartaz de propaganda, meu primeiro erro de concordância: "VENDE-SE DESENHOS".

Com goma arábica, colei o cartazinho na parede, logo ao lado do portão, o mais alto que pude. Daí, sentei-me na soleira do portão à espera da freguesia. Esta demorou a comparecer e eu devo ter me distraído e ido brincar com outras coisas, como construir casas usando caixas de sapato ou fazer caretas ao espelho para mim mesmo.

E a história continuou com um tio chegando do trabalho e deparando com aquele estranho cartaz. Assim, meu plano foi descoberto e outro plano secreto começou a ser posto em prática pelos familiares: sempre que eu não estava atento, alguém "aparecia" querendo comprar meus desenhos ou algum colega de trabalho de certa tia ou tio mostrava-se

"vivamente interessado" em adquirir obras tão raras. Eu trabalhava com afinco, garatujando dezenas de folhas de uma resma de papel sulfite que milagrosamente apareceu para substituir as folhas de papel de pão de que eu normalmente me utilizava, e o meu negócio progredia a olhos vistos.

Assim, aos poucos, a quantia para a compra da *menodiê* acabou sendo atingida, e eu e o meu orgulho fomos levados com as tias para comprar pessoalmente o presente. Eu estava muito satisfeito com o sucesso da minha empreitada e só estranhei que, ao recebê-la, minha mãe, enquanto me abraçava, não conseguia impedir que lágrimas lhe rolassem pelo rosto. Será que ela desejava tanto assim ganhar uma *menodiê*?

Onde andará o meu presente? Não sei. O que eu sei é que nunca mais pude oferecer um presente melhor para ninguém.

3. A FILA DO CHOCOLATE

Seguir as regras!

Isso me foi ensinado com competência. Principalmente nas brincadeiras, nenhum moleque tinha o direito de romper com o que havia sido combinado: quem era o "mocinho" tinha de se comportar como mocinho, quem era "índio" tinha de pular fazendo "uh-uh-uh", e quem tivesse sido escalado para "bandido" era

obrigado a morrer no final da brincadeira sem direito a reclamação. Do mesmo modo, no "esconde-esconde" o "pegador" tinha de "bater cara" contando honestamente até 100 e nem pensando em roubar nas dezenas. É claro que, antes do início de cada jogo, todo mundo discutia, argumentava, tentando mudar esse ou aquele detalhe da regra, mas, depois de estabelecido como transcorreria a brincadeira, na hora do jogo pra valer, a lei prevalecia. Sem obediência às regras, a brincadeira da vida não tem graça.

Muito cedo esse meu modo de pensar foi posto à prova: uma tia decidira ajudar minha mãe, investindo em meu futuro ao responsabilizar-se pelo pagamento de um curso de inglês. Recém-alfabetizado em português, lá fui eu aprender a cantar "one-little-two-little-three-little-indian" no jardim de infância da língua inglesa.

Mal iniciado o curso, foi organizada uma festa no domingo de Páscoa.

Num belo jardim de uma casa grande de Santos, onde funcionava a escola de inglês, brincávamos as brincadeiras brasileiras, quando uma das professoras chamou todo mundo e mandou que fizéssemos uma fila na frente dela. Eu corri e consegui conquistar o segundo lugar.

A professora pôs-se a falar (em português, naturalmente, pois ainda não havíamos ultrapassado o *good morning* e o *thank you*) e começou a explicar a razão da fila:

— Prestem atenção. Todo mundo vai ficar quietinho aqui na fila esperando eu contar até três, está bem? Quando eu chegar no três, todo mundo sai correndo para procurar uma porção de ovinhos de Páscoa que estão escondidos no meio do jardim e...

Pra quê! Sem esperar nem pela contagem de "um", todo mundo, até a criança que estava na minha frente, saiu desabalado, enfiando-se no meio dos arbustos, pisando os canteiros de flores, fuçando nos vasos e nem ligando para os gritos da professora, que tentava impor a regra que ela pretendera estabelecer.

E eu? Eu fiquei firme, imóvel no meu lugar de uma fila que não mais existia. Afinal, eu tinha conseguido o segundo lugar, não tinha? Pois aquilo *tinha* de significar que eu merecia pelo menos o segundo prêmio do concurso, não tinha?

Não tinha. A professora, vendo que nada mais havia a fazer, parou de berrar e pôs as mãos na cintura, num suspiro de desalento. De repente, deu pela presença daquele menininho ali, disciplinadamente imóvel, e falou:

– Vá, menino. Vá procurar os ovinhos.

Saí correndo, já com a boca salivando na expectativa do chocolate.

Mas aqueles poucos momentos que eu tinha dado de lambujem aos outros tinham sido fatais: não havia sobrado mais nenhum ovo, nem dos pequeninos, para o aluno que seguia as regras do jogo.

Naquele domingo de Páscoa, fiquei sem chocolate.

Aprendi aquela lição? A partir daí sempre procurei romper as regras para levar vantagem sobre os outros? Confesso que não. Contra as regras injustas, contra as leis que não deveriam ter sido aprovadas sempre protestei, resisti, marchei passeatas, mas, enquanto a lei estava em vigência, eu a cumpri.

Mesmo tendo de acabar sem chocolate.

4. ♦ DUAS CANOAS

Dizem

que a Ilhabela da Princesa, no litoral de São Sebastião, norte do Estado de São Paulo, é um verdadeiro paraíso, mas eu afirmo que não é nem nunca será o paraíso que foi no final da primeira metade do século XX. Ou ao menos não para mim.

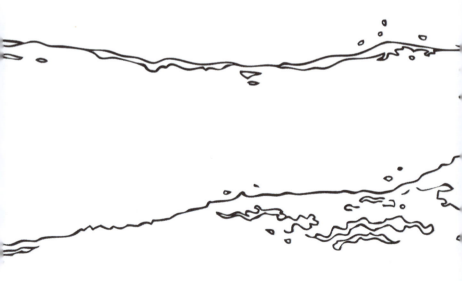

Menino das praias de Santos, franzino, mas igual à maioria dos meninos, era eu aos sete anos. Nas férias de julho do meu primeiro ano escolar, uma viagem de recreio foi anunciada e, a bordo de um pequeno ônibus que chamavam "jardineira", gastamos horas sem fim ao longo de uma estrada de terra sinuosa, esburacada e perigosíssima até São Sebastião. Em seguida, atravessamos de barquinho um estreito

braço de mar. Não havia balsas que trouxessem carros, e a Ilhabela era um lugar para se andar a pé ou de bicicleta. Paraíso! Paraíso tropical *quase* perfeito para os turistas e nirvana para os borrachudos, que eram o único desconforto dos visitantes, num tempo em que os repelentes ainda não passavam de álcool canforado esfregado na pele.

Esbaldei-me! Pesquei verdadeiros peixinhos de aquário num mar tão transparente que dava para ver as pequenas vítimas beliscarem o anzol. Aprendi a gostar de feijão com pimenta, ganhava sempre bananas assadas cobertas com canela em pó e açúcar, oferecidas pelo Seu Chico, cozinheiro da pensão chamada Miramar onde nos instalamos, que eu pensava ser japonês, mas que na certa era remanescente de alguma tribo indígena.

Logo fiz amizade com o filho do barbeiro local e com ele jogava "coroinha", um brinquedo do qual já não sei as regras, mas lembro-me que era um jogo que lidava com castanhas de uma árvore tropical chamada guapuruvu. Comia bagos de jacas recém-tiradas da árvore, pitangas e goiabas encarrapitado nos galhos, divertia-me com mergulhos num riozinho também limpíssimo... Paraíso mesmo!

No riozinho, ao lado de uma pontezinha de madeira, ficavam atracadas a Dora e a Gilda, duas canoas pertencentes a um rapaz que nos deixava brincar com a Gilda, mais velha, e geralmente saía para pescar com a Dora, a mais nova, reluzente e amarelinha das canoas deste mundo. A bordo da Gilda, eu e o filho do barbeiro saíamos livres, a navegar riozinho acima. Com uma tarrafa, espécie de rede presa a um aro feito os antigos coadores de café, capturávamos alguns siris e peixinhos menos precavidos, que víamos a nadar no fundo de águas transparentes. Ríamos daqueles pequenos seres a pular na tarrafa e logo os devolvíamos à correnteza. O riozinho era tão estreito que, para retornar, tínhamos de remar pra trás, pois não havia largura para manobrar a canoa.

Certa manhã, atracada ao lado da Gilda, estava a Dora, bonita e orgulhosa de sua juventude. Sabíamos que era proibido brincar com aquela canoa, mas vimos que havia um pouco de água dentro dela, resultado talvez de alguma garoa da madrugada. Não pensamos em desobedecer à interdição de tocar na Dora, mas resolvemos fazer um "favor" ao dono dela:

– Vamos balançar a Dora pra tirar a água?

Assim, de pé no fundo rasinho do riacho, começamos a balançar a canoa, como víamos que os pescadores faziam. A ideia era, sacudindo-a bastante pra cá e pra lá, fazer com que a água balançasse também e fosse expelida pelas bordas. Mas... o que conseguimos foi fazer mais água entrar do que sair e, em minutos, a canoa afundava pesadamente! Assombrados, vimos a bela Dora deitada no leito do rio, já com alguns peixinhos nadando sobre ela...

O resultado não foi uma bronca brava: depois de salvar Dora do afogamento, o jovem pescador retirou a Gilda da água, colocou-a emborcada sobre dois pedaços de

tronco e nos "obrigou" a pintar a velha canoa! Que delícia de castigo!

Em pouco tempo, lá estava a Gilda, toda azul. Em minha opinião, bem mais bonita do que a Dora.

Nunca mais me esqueci daquele riozinho. Que saudade!

5. O BOXEADOR DE ILHABELA

Nesses primeiros

sete anos de vida, meninos brincam e brigam com a mesma facilidade. Certa vez, não importa saber por que, eu e o tal filho do barbeiro resolvemos brigar. Naquela época, sem televisão nem grandes informações, o contato do garotinho caiçara com as coisas do mundo era bem menor que o meu, porque meus irmãos viviam me contando as façanhas dos fabulosos campeões dos pesos-pesados, e exibiam-me a técnica apurada dos pugilistas, suas gingas, suas fintas, seus meneios, seus golpes demolidores. Como é que eles sabiam disso tudo se não havia televisão? Sei lá. O que eu sei é que, na hora da briga, eu, um mosquitinho que não devia pesar mais de vinte quilos, pus-me a saltitar, punhos em riste, meneando o tronco no melhor estilo dos campeões. Juntou gente e, com a torcida dos adultos e moleques maiores, que riam e incentivavam os dois meninos como se assistissem a uma rinha de frangos, meu entusiasmo foi crescendo e eu me exibia feliz da vida. Meu adversário, caiçarinha que jamais ouvira falar de boxe, de pugilismo, de "jabes", "ruques" ou "apercates", procurava brigar como está combinado que moleques brigam, girando os braços a esmo e tentando entrar para o agarra-agarra. E eu me esquivava, fazia o pêndulo de cintura aprendido com os irmãos, ensaiava os golpes com nomes em inglês e, de repente, encaixei o primeiro: um punhozinho de nada, mas enfiado com maestria pelo meio dos braços do garoto, acertando-o em cheio no rosto!

Sucesso! Os adultos que nos cercavam deram-me a primeira salva de aplausos de minha vida. Na mesma hora o menino parou, baixou os braços, olhou para mim arregalado de espanto e... desatou no choro! Naturalmente não de dor, pois o soquinho que um menino esquálido como eu podia desferir não seria capaz nem de derrubar uma vela do castiçal, mas talvez de frustração. A patuleia vibrava, vaiava o chorão, queria me carregar em triunfo...

Mas meus ouvidos ficaram surdos ao sadismo da plateia, e o sentimento de triunfo que deveria me invadir foi superado pela surpresa das lágrimas que eu fizera deslizar pelo rosto do meu adversário. Assustei-me ainda mais que o menino. Corri para ele e o abracei, envergonhado. Logo, estávamos os dois sentados na areia da praia, jogando coroinha.

Nunca saberei

o que aquele incidente causou ao filho do barbeiro, mas o que causou em mim foi indelével, pois naquele momento aprendi que nunca mais na vida eu buscaria qualquer sucesso que fosse resultado da dor de outra pessoa.

Como eram brancas as areias das praias de Ilhabela!

6. FICA QUIETO, MOLEQUE!

Ah, as comédias, os faroestes, as aventuras dos filmes! Criança, eu vivia na dependência de algum adulto que se dispusesse a levar-me ao cinema, a grande diversão do meu tempo. Assim, até os meus dez anos, quando conquistei a liberdade de ir sozinho às matinês, eu assistia a muito menos filmes do

que gostaria. E o cinema, sem que eu soubesse, ao lado da leitura compulsiva dos gibis, foi um dos meios mais eficientes para que eu treinasse a desenvoltura na compreensão e na velocidade de leitura, pois nós, as crianças do meu tempo, tínhamos de aprender a ler rapidamente as legendas dos filmes norte-americanos, se quiséssemos entender as razões que levavam os caubóis a balear dezenas de peles-vermelhas com apenas seis balas no revólver prateado.

Foi por aí que, numa tarde, sem adultos em casa, meu irmão Pedro Ernesto, cinco anos mais velho do que eu (meu outro irmão, o Alberto, era doze anos mais velho do que eu e nunca pôde ser meu companheiro), veio com a bela notícia de que havia ganhado uns trocados do seu padrinho e propôs que fôssemos ao cinema. Que maravilha! Junto com o divertimento, vinha a farra da transgressão: ir ao cinema sem pedir licença a ninguém!

Meu irmão comprou um jornal na banca para escolher o que veríamos e decidiu-se por um cinema que ficava no centro da cidade,

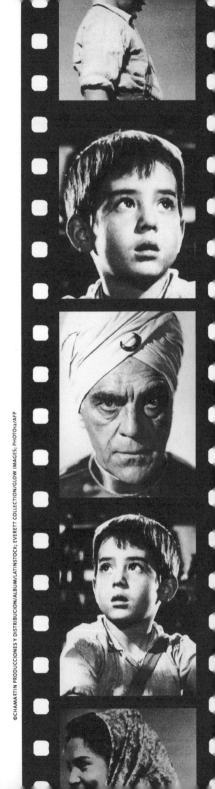

na Praça Rui Barbosa, chamado Cine Rosário. Pegamos o bonde 4 e lá fomos nós. O filme, lembro-me muito bem, era *Ninguém crê em mim*, um suspense tremendo! Tratava-se de uma adaptação da fábula de Esopo em que um pastorzinho vive pregando peças nos vizinhos ao gritar que um lobo aparecia para atacar suas ovelhas e ria a valer quando eles acorriam e não viam lobo algum, até que um lobo aparece mesmo e ninguém vem atender aos pedidos de socorro do pastorzinho. Na adaptação cinematográfica, o pastorzinho virava um menino mentiroso, que já havia perdido todo o crédito na vizinhança e que verdadeiramente testemunhava um assassinato. Naturalmente, como na fábula, ninguém acreditou nele e a partir daí o suspense corria solto, porque o assassino perseguia o pobrezinho durante o filme todo, disposto a esganar o coitado.

Na época eu não conhecia a palavra "suspense", mas minha ignorância não diminuiu em nada o pavor frente aos enormes riscos enfrentados pelo pequeno protagonista, um menino da minha idade! Eu me torcia, mordia os dedos, gritava, tentando ajudar o garotinho a livrar-se de ameaça tão tremenda. Que sufoco!

O jornal que havíamos comprado, já sem serventia depois da escolha do filme, ficara abandonado em uma poltrona vazia e um espectador já havia se apossado dele. No decorrer do suspense, pelo jeito minhas sonoras reações aos perigos enfrentados pelo menino do filme deviam ter sido mesmo exageradas, e o tal espectador, com o jornal dobrado, deu-me uma valente "jornalada" na cabeça, seguida de um sonoro:

– Fica quieto, moleque!

Nem eu, lá pelos meus sete anos, nem meu irmão, com no máximo uns doze, tínhamos tamanho ou competência para esboçar qualquer reação, e lá fiquei eu, chorando baixinho, ofendido, abraçado por meu irmão, com os olhos molhados ainda presos à tela, mordendo os lábios, torcendo pela vida do protagonista.

Na cena culminante, o menino fugia do assassino embarafustando-se no meio dos escombros de um prédio já meio demolido, subia escadas sem fim, equilibrava-se em uma viga solta, estendida entre duas paredes da construção, e procurava esconder-se no meio dos entulhos. Mas o bandido acabava por descobri-lo... E lá vinha ele, pesado, com os olhos em fogo, tentando atravessar a viga e terminar seu sinistro propósito de estrangular o menino. E este, fraquinho como eu, tentava empurrar a viga, pesada demais...

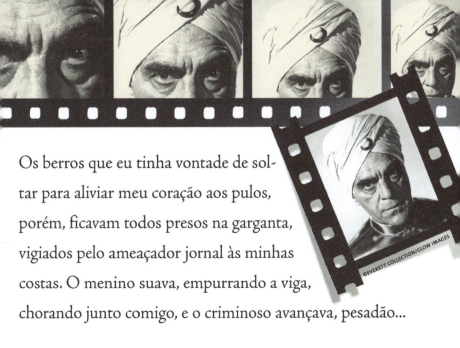

Os berros que eu tinha vontade de soltar para aliviar meu coração aos pulos, porém, ficavam todos presos na garganta, vigiados pelo ameaçador jornal às minhas costas. O menino suava, empurrando a viga, chorando junto comigo, e o criminoso avançava, pesadão...

E a viga mal se movia, e o bandido já estava quase no meio do caminho, e o menino empurrava, e a música crescia, ensurdecedora, apavorante, macabra... E as lágrimas escorriam-me pelo rosto, expelidas por duas razões diferentes: a torcida pelo menino e a humilhação da jornalada... Até que, certamente ajudado por minha ansiedade (é claro!), o menino conseguia empurrar a viga e lá vinha o perigoso assassino despencando no abismo!

Ah! Nesse momento eu não aguentei mais: esquecendo-me da jornalada, levantei-me num pulo, soltando da garganta o grito de alívio, como um torcedor fanático de futebol ao comemorar o gol da vitória do seu time no último minuto da partida!

Bem... era isso que eu gostaria de ter feito, mas confesso que continuei calado, bem quietinho, e nós dois saímos do cinema bem depressa, antes que as luzes se acendessem. Saí magoado, não tanto pela jornalada, mas por ela ter sido aplicada com o nosso próprio jornal! Que desaforo!

Nunca mais vi este filme, mas, por causa da jornalada, jamais esqueci *Ninguém crê em mim*.

7. CHEIRINHO DE PROFESSORA

Dona Hilda, minha professora titular da primeira série, se bem me lembro, era uma mulher morena, algo corpulenta, que sabia muito bem manter sob controle uma classe daquele tamanho, lotada por uns cinquenta alunos. Mas dela não tenho nenhuma recordação especial além de ter sido a pessoa que começou a me ensinar aquilo que se tornaria minha profissão: ler e escrever.

Marcante mesmo foi o breve contato que tive com uma professora substituta, na certa uma jovenzinha recém-saída do curso normal. Como eu sabia que aquela mocinha estava por ali como "professora substituta"? Sei lá. Devo ter ouvido essa informação de alguém e na certa estranhei "substituta", palavra tão rara que a partir daquele momento provavelmente passou a fazer parte do meu universo vocabular. É... palavras a gente vai pescando aqui e ali, ao longo da vida, numa frase solta, no meio de uma história, num verso, numa canção, numa piada, e vai guardando no saquinho da memória para servir-nos em algum momento, embora, para falar a verdade, nunca tenha me aparecido a ocasião de usar "cáfila" ou "anticonstitucionalissimamente". Upa! Afinal a chance apareceu! Eu sabia que essa hora haveria de chegar um dia! Enquanto se está vivo, nunca se deve dizer "nunca"!

Eu era um moleque magro demais, miudinho, sempre um dos primeiros das filas, que no grupo escolar eram

organizadas por ordem de tamanho. Louro, de cabelos escorridos, que chamavam "escorrega-piolho", talvez eu fosse aquilo que as mulheres chamavam de "engraçadinho". Todo mundo é engraçadinho aos sete anos, não é?

Com a jovem professora meu contato foi nos jardins do grupo escolar. Ela estava sentada num dos bancos por ali espalhados e, ao me ver, sorriu, sorriu lindo, e puxou-me para si. Deve ter dito alguma coisa que não guardei e, maternalmente, pôs-me no colo. Continuava sorrindo,

acariciou-me e me abraçou junto ao corpo, apertado. Suas mãos faziam-me cafuné e meu rosto encostava-se em sua blusa, com florezinhas bordadas. Disso lembro-me muito bem, como se fosse hoje, a ponto de ter podido descrever o tecido da blusa e o bordado para minha mulher, que acaba de me informar que aquele tecido devia ser "cambraia" e o bordado feito com o que chamam de "ponto-cheio". Eram florezinhas delicadas, miudinhas, um mimo, e a blusa era branca, branca demais, daquela alvura que só se consegue

com uma boa quarada ao sol dos trópicos, que nenhum desses detergentes milagrosos anunciados na televisão conseguiria reproduzir.

Aconchegado naquele colinho surpreendente, eu senti um perfume especial, de corpo acabado de lavar, um perfume que...

Será que nariz tem memória? Acho que tem. Nunca me esqueci daquele cheirinho de professora. Que coisa mais gostosa!

8. O TESOURO DO CAPITÃO CAVENDISH

Para deixar uma criança feliz, acho que não há nada que se compare à leitura de *A ilha do tesouro*, de Robert Louis Stevenson. Jamais alguém conseguirá escrever uma aventura com tantos lances emocionantes, com tanta inventividade, com tanto suspense. O danado desse autor escocês escrevia como se estivesse mantendo um elástico esticado até o limite: se alguém o esticar demais, o elástico se parte; se esticar de menos, ele se afrouxa. E, como se fossem elásticos, nossos

corações ficavam esticados ao máximo, à beira de romperem-se as fibras, ao acompanhar as peripécias do menino Jim Hawkins às voltas com Long John Silver, o fantástico pirata da perna de pau, tapa-olho e papagaio ao ombro!

Felicidade era roer as unhas lendo esse livro e assistindo aos filmes de pirata, protagonizados por galãs destemidos que sempre terminavam suas aventuras beijando os lábios vermelhos de lindas mocinhas recém-salvas das mãos cruéis de vilões malvadíssimos, naturalmente mortos depois da última e emocionante luta de espada!

Por causa desse pessoal, minha mente vivia povoada de corsários e piratas, de galeões espanhóis abarrotados de tesouros. Essas riquezas sempre caíam nas mãos desses ladrões do mar que nos filmes eram mostrados como "mocinhos", não como os tremendos bandidos e assassinos que eles foram na verdade. Disso me falava meu irmão Pedro Ernesto, revelando-me a "verdade" da pirataria. Como exemplo, ele me citava o inglês Thomas Cavendish, um sanguinário corsário que roubava, saqueava e massacrava a mando da Rainha Elizabeth 1ª da Inglaterra. Esse malvado, no Natal de 1591, havia tomado a minha cidade de Santos, promovendo a maior chacina, as mais brutais crueldades, e só levantando as velas de seus navios depois de dois meses, quando não havia mais nada para saquear.

Que piratão terrível! Eu ouvia arregalado as histórias de suas malvadezas, praticamente todas inventadas pelo meu irmão. Bem, alguma parte era verdade, pois fiquei sabendo que, no ano seguinte, o saqueador voltou às costas do Brasil, desta vez atacando o litoral do hoje Estado do Espírito Santo. Mas deu-se mal, porque a resistência dos capixabas foi tremenda! Os piratas foram derrotados e Cavendish teve de fugir com os poucos bandidos que sobreviveram. Acabou morrendo na viagem de volta à Europa, não se sabe se devido aos ferimentos recebidos na batalha ou de morte "morrida" mesmo. Por causa dessa heroica resistência, a vila vencedora foi batizada Vitória, eternizando a memória da tunda que eles aplicaram no saqueador da minha cidade. Bem feito!

Certa vez, acho que o mano passou uns dois dias só falando do tal Capitão Cavendish e rematou contando que corria uma lenda de que o pirata, ao abandonar a cidade, havia deixado um fabuloso tesouro enterrado em algum lugar de Santos há mais de 300 anos. Aquilo era demais para a imaginação de um menino como eu!

Naqueles dias, fazia-nos companhia um colega dele, o Tuca, que ajudava o mentiroso na ênfase às façanhas de Cavendish. Certa tarde, de algum modo dirigido pelo dois, fui levado a encontrar, meio enterrada no quintal de casa, uma garrafa de casco verde, arrolhada, e com alguma coisa dentro, algo como um velho papel enrolado. Eu já estava acostumado com o principal meio de comunicação dos náufragos de ilhas desertas, que lançavam ao mar garrafas com bilhetes dentro, e repentinamente senti-me o próprio menino Jim Hawkins que havia descoberto num baú o mapa de uma fortuna escondida na fabulosa "Ilha do tesouro".

Corri para os dois e mostrei-lhes excitadamente o meu "achado". A dupla representou muito bem a "surpresa" e, muito compenetrados, fingiram lidar para retirar o papel de dentro da garrafa, meu irmão terminou por dramaticamente

espatifá-la contra uma pedra. E – naturalmente – o papel que a garrafa continha *era* um mapa do tesouro! Um mapa perfeito, escrito com letras elegantes, floreadas, imitando o gótico, e o papel estava amarelado, com as bordas chamuscadas de fogo. Eu sabia que o Pedro Ernesto era um ótimo desenhista, habilidoso demais da conta, mas, naquele momento, eu já navegava pelo Mar das Caraíbas em direção à ilha de Tortuga, espada à cinta, chapéu de três bicos à cabeça e não havia de desconfiar de nada.

Aquele mapa de tesouro só podia mesmo ser de verdade, pois tinha todas as indicações de praxe, tipo tantos passos para o norte, na direção da Árvore dos Enforcados, depois mais outros a oeste, rumo à Pedra da Caveira. Orientado pelos dois embusteiros e pelo imenso chapéu-de-sol, árvore típica da baixada santista, também chamada amendoeira-das-praias, que reinava soberba por sobre o nosso quintal, lá

fui eu contando os passos indicados. Era óbvio que a amendoeira só poderia mesmo ser "A Árvore dos Enforcados" e a pedra junto ao muro onde tantas vezes nos sentávamos não era outra senão "A Pedra da Caveira". É claro! Os poucos problemas que se apresentaram, como o fato de os meus curtos passinhos serem bem menores do que os passos dos outros dois descobridores de tesouros, logo foram solucionados e meus erros foram sendo habilmente corrigidos até depararmos com uma terra meio revolta num canto do quintal. O Tuca já empunhava uma enxada e, em dois tempos, estava cavado o buraco necessário à descoberta do Tesouro do Capitão Cavendish...

Debrucei-me sobre o raso buraco e lá estava um caixote há muito meu conhecido entre as tralhas abandonadas

em nosso porão, envolto por uma grossa corrente, outra quinquilharia constante do mesmo estoque. Mas a caça ao tesouro obscurecia qualquer capacidade de suspeita que eu poderia alimentar e fui levado a abrir o caixote. Dentro dele havia apenas outro papel, também caprichosa e floreadamente redigido, também amarelecido e chamuscado na chama de uma vela, com estes dizeres:

ENGANAMOS UM BOBO!
ASSINADO:
Pedro Ernesto, Tuca e Capitão Cavendish...

Nos livros e nos filmes, continuei procurando tesouros pela vida afora, mas jamais encontrei algum que tivesse o valor do tesouro do Capitão Thomas Cavendish.

9. MENINOS QUADRADINHOS

Para minha família,

histórias em quadrinhos representavam o maior mal que podia ser causado a uma criança. Nossos gibis, quando caíam nas mãos da minha furibunda avó materna ou das minhas tias, eram despedaçados na mesma hora e a gente ainda tinha de ouvir que estávamos perdidos para sempre, que, com aquelas leituras, no futuro haveríamos de nos tornar no mínimo criminosos.

Na época eu não podia fazer ideia da causa de tanta demonização daquelas revistinhas divertidas, criativas, bem desenhadas, ágeis, gostosas. Não entendia por que aquela fabulosa leitura podia ser tão perseguida pela minha família e tampouco me importava com isso, tantas eram as proibições com que tentavam regrar minha vida. Eu não sabia que, começando pelos Estados Unidos e espraiando-se até o Brasil, havia uma virulenta campanha contra os gibis, cujas mentiras ocupavam as páginas

dos jornais e eram repetidas nos púlpitos das igrejas. Chegava-se a inventar que certo menino norte-americano atirara-se da janela e morrera espatifado na calçada tentando imitar o Super-Homem, ou que aquele outro cometera um bárbaro assassinato depois de ler uma revista de detetives. Era então natural que meus familiares acreditassem nas mentiras que ouviam e tentassem impedir-me de ter minha educação "destruída" pela leitura de revistinhas "tão perigosas". Assim, ler gibi era proibido não só em minha casa, mas em muitas outras casas do Brasil. E eu? Deveria obedecer à proibição?

Ora, ora! Isso é que não! Um dos meus personagens mais queridos, o Miguel, líder do grupo dos Karas que criei, afirma em *A Droga da Obediência*, que "a obediência somente leva à repetição de velhos erros. Só o respeito pela liberdade de cada um pode garantir a sobrevivência da humanidade. Só o respeito pelas opiniões divergentes pode garantir o progresso. Só a desobediência modifica o mundo!". Ainda bem que eu logo descobri a diferença entre obedecer e desobedecer: a atração por aquela arte tão brilhante era maior do que qualquer bronca, e eu e meu irmão líamos às escondidas, enfiados no porão ou metidos no meio do mato alto que cobria mais da metade de nosso quintal. Quando não estávamos lendo ou relendo os gibis, o problema era onde protegê-los da perseguição familiar. E acabamos conseguindo um esconderijo perfeito, que jamais foi descoberto pelas "bruxas" da família: abandonada entre os trastes do porão, havia uma velha caixa de descarga. Lá dentro, protegidos pela tampa da caixa, sobre a qual ainda púnhamos algumas tralhas pra disfarçar um pouco mais, ficavam nossos gibis à espera de serem relidos ou trocados com os amigos.

Que maravilha eram os gibis! Naturalmente, eu só pensava na delícia daquelas histórias e nem desconfiava do bem que aquelas leituras estavam me fazendo, pois, inicialmente apenas podendo folhear as páginas, deliciar-me com os desenhos e ficar criando a partir deles alguma história que eu mesmo podia imaginar estimulado pela sugestão das imagens, eu ansiava por logo aprender a ler, para poder entender o que estava escrito nos balões dos quadrinhos!

Minha professora da alfabetização, a dona Hilda, recomendava que eu estudasse em casa a cartilha para treinar leitura e eu procurava logo acabar com aquela chateação para... continuar treinando leitura nos gibis! Assim, em pouco tempo tornei-me capaz de devorar o que estava escrito nos balõezinhos, sem saber que estava aprofundando minha capacidade de entender e interpretar textos, de modo que logo eu pudesse vir a ser o leitor feliz em que me transformei. Quer cartilha melhor do que um bom gibi?

Nosso grande escritor Ziraldo criou a frase revolucionária que arrepiou muita gente: "Estudar não é importante; ler é importante". Uma bela prova do acerto desse raciocínio é uma de suas obras-primas, *O menino quadradinho*. A história começa em quadrinhos, com o menino-leitor deliciando-se avidamente com aquelas aventuras desenhadas e, aos poucos, as frases dos balões vão aumentando, vão crescendo, vão crescendo, até eliminarem os quadrinhos e tornarem-se somente textos, demonstrando a passagem natural do leitor de gibis para o leitor de livros. Li assombrado, pois tinha sido exatamente isso que ocorrera comigo: eu *era* o menino-quadradinho! O Ziraldo tinha escrito a minha biografia e a de tantas outras crianças do meu tempo!

Hoje, tendo crescido navegando nas delícias das histórias em quadrinhos e delas tendo mergulhado nas profundezas abissais dos livros, tenho de agradecer aos maravilhosos criadores de gibis e a todos os autores de histórias "sem quadrinhos" que me construíram a alma:

– Obrigado, cambada!

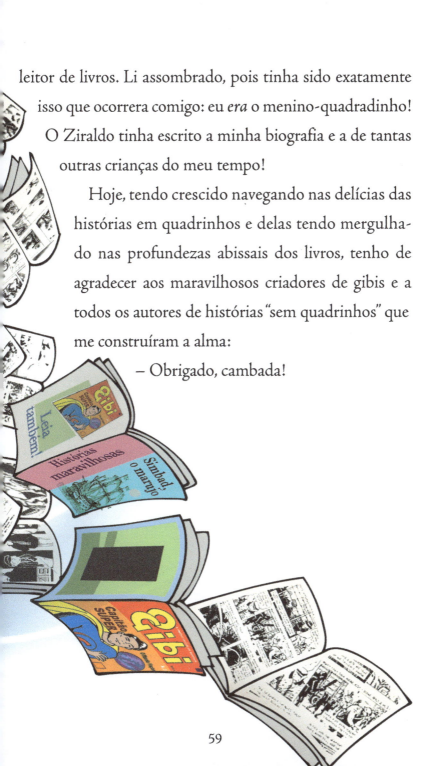

10. MANUEL

Santos fica eternamente no mar.

É um daqueles lugares cercados de água por todos os lados, menos pelo lado de cima, a não ser quando chove, como brincávamos com a definição de "ilha". Mas isso de ilha não é tão óbvio assim no caso de Santos, pois, por toda sua extensão oeste, há apenas um discreto braço de água salgada, que se atravessa por uma ponte. Se você não prestar atenção na ponte, vai pensar que a cidade está grudada ao continente.

A partir de meados do século XIX, cem anos antes de eu nascer, a Revolução Industrial avançava por toda a Europa como uma explosão, e máquinas eram inventadas numa progressão avassaladora, substituindo a força do trabalho manual e consequentemente provocando o desemprego de muita gente. Assim, famílias de camponeses pobres do Velho Continente foram empurradas para fora, para a América, mudando a face dos Estados Unidos, da Argentina e do Brasil. Como cidade do litoral, porto importante, Santos havia recebido a parte que lhe cabia dessa multidão de imigrantes. Muitos deles, como os vindos das várias regiões da Itália, logo subiram a serra para trabalhar nas plantações de café ou na nascente indústria paulistana. Mas muitas famílias portuguesas fixaram-se em Santos, influenciando o nosso falar, como o uso do "tu" em vez do "você", e introduzindo palavras como "birolho", gíria para "estrábico", que ninguém conhece fora de Santos e nem os mais famosos dicionários brasileiros registram.

Da minha classe, talvez do segundo ou terceiro ano, fazia parte um menino moreno, forte, de nome Manuel. Ainda fedelho, havia emigrado de Portugal com a família e, depois das aulas, ajudava o pai na padaria. Que forte sotaque tinha o

Manuel! Como às vezes via-se em dificuldades para entender a língua portuguesa falada pela molecada santista!

Certa vez, em alguma disputa de moleques, recebi algo como uma "facada" do Manuel. Nervoso, o portuguesinho empunhou um lápis-tinta como se fosse um punhal e cravou-o sem piedade em meu braço. Lápis-tinta era algo que não existe mais, com um grafite que, molhado com cuspe, escrevia como se fosse caneta e deixava azul a língua da gente. Com a agressão, a ponta do grafite entrou em minha pele e, mesmo depois de extraída, deixou-me para sempre uma pintinha azul feito tatuagem.

Brigas de moleques, de tão corriqueiras, nem eram assunto a se levar em conta, e a "lapisada" do Manuel não teve a menor importância. Dele marcou-me muito mais uma certa aula de História. Lá estava a professora a narrar-nos o Descobrimento do Brasil, com suas treze caravelas, Porto Seguro, Monte Pascoal e um patrício do Manuel à frente do evento. Pronto: ficamos sabendo que Pedro Álvares Cabral havia descoberto o Brasil, informação importantíssima que era a porta da entrada para a compreensão da História da Humanidade. Em sua narrativa, a professora acrescentou um reforço, informando que outra parte da América, mais ao norte, havia sido descoberta por alguém chamado Cristóvão Colombo, esse no comando de um número bem mais modesto de caravelas. E o nosso conhecimento de História só fazia crescer.

Foi aí que o Manuel levantou a mão. Não, ele não pedia licença para ir ao banheiro. O que ele queria era um importante esclarecimento:

– F'ssora, e caiñ discubriu Purt'gal?

A mestra riu, surpresa, e todos nós caímos na gargalhada, sem saber por quê. "Ora, Manuel, que pergunta burra!", pensávamos, acostumados como estávamos ao preconceito de considerar como burra a ingenuidade e falta de malícia dos pobres camponeses de Portugal que a miséria havia empurrado para o Brasil. A professora nada explicou, talvez até porque não soubesse como atender à curiosidade do aluno. E o Manuel ficou sem resposta, olhando em torno para os gozadores, surpreso com

aquela reação tão descabida: para ele, para qualquer um de nós, parecia lógico que, se alguém havia descoberto o Brasil, cada país deveria ter seu próprio descobridor, ora pois!

Muito, muito mais tarde, quando fui pela primeira vez a Portugal, profundamente sensibilizado pela beleza de Lisboa, pelo caráter aconchegante do povo português, lembro-me de, após visitar o Convento dos Jerónimos, parar à beira do famoso rio Tejo ao lado da Torre de Belém e, contemplando as águas escuras do rio de onde partira o navegador português para introduzir o Brasil na História da Europa, num dia 9 de março, o exato dia em que, quatrocentos e quarenta e dois anos mais tarde, eu nasceria, subitamente me lembrei da pergunta do Manuel. E encontrei a resposta:

– Meu caro Manuel, quem descobriu Portugal fui eu!

11. O BEIJO NEGADO

Principalmente nos aniversários, quando muitas crianças se encontravam, nós brincávamos de roda. Não havia televisão, não havia *video game* e, depois dos brigadeiros, do bolo de velinhas e de cantarmos "parabéns a você" e depois dos "pique-piques" tradicionais, reuníamo-nos sob o luar e, formando uma roda, de mãos dadas, girávamos lentamente, cantando "ciranda-cirandinha", "o cravo brigou com a rosa",

"a canoa virou" e a mais divertida delas, que era "ô-bandô", quando havia evoluções mais elaboradas, em que passávamos uns debaixo do arco dos braços dos outros, como na dança de quadrilha: "ô-bandô-viva-o-bandô; passaremos-não-passaremos-algum-dia-ficaremos; passa-passa-treis-veiz-a-última-há-de-ficá! Tenho-mulher-e-filhos-que-não-posso-sustentá"... Brincávamos de "passa-anel", de "cabra-cega", "lenço-atrás", "pegador", de "estátua", "esconde-esconde" e pulávamos "carniça", que em Santos era

chamada de "uma-na-mula". Mas, logo que crescíamos um pouquinho, surgia uma brincadeira bem melhor, que era o "gostas-dessa".

O "gostas-dessa" era assim: uma das crianças fazia a guia e outra ficava de costas para o resto do pessoal. Daí a guia ia apontando para cada um da turma e perguntava:

– Gostas dessa?

Se a que ficava de costas dizia "não", outra criança era apontada até que se ouvisse um "sim". Era então a vez da segunda pergunta:

– E então? O que tu dás pra ela? Um abraço, um beijo ou um aperto de mão?

Se o aperto de mão ou o abraço fossem escolhidos, tudo bem. Mas, se fosse o beijo, lá vinha a pergunta fatídica:

– Beijo na mão, beijo no rosto ou beijo na boca?

Brincadeira safadíssima! Geralmente as crianças mais assustadas ofereciam um aperto de mão ou no máximo um beijo no rosto, porque havia o risco de a criança

apontada ser do mesmo sexo da outra, o que faria todo mundo cair na gargalhada no caso de a oferta ter sido um beijo na boca.

Certo aniversário, noite de lua cheia e calor abafado da minha Santos natal, a perguntada era a menina mais engraçadinha da festa e, justamente quando o apontado fui eu, a oferta foi... um beijo na boca!

Upalalá! Foi um rebuliço, todo mundo excitado, cobrando o pagamento da prenda e eu na frente, como o principal cobrador. Rá, rá, e eu estava justamente de olho naquela garotinha, linda como ela só. De olho? Bem, tão de olho quanto alguém pode estar aos sete ou oito anos de idade, mas já num prenúncio de uma adolescência que ainda custaria a chegar. Cobrei o grande prêmio. Ah, cobrei mesmo, mas... mas a menina assustou-se e recusou-se ao pagamento da dívida!

Que decepção! Um beijo conquistado honestamente, dentro de todas as regras do jogo, escapava-me daquele jeito! Eu não me conformava, cercava a garota, lembrava-lhe que "guerra é guerra", mas não houve jeito de convencê-la a cumprir a promessa.

Bom, na verdade devo confessar que a conquista não tinha sido tão honesta assim. Nessa brincadeira, de acordo com tramoia anteriormente acertada, a guia-perguntadora pode dar um certo sinal para a perguntada, de modo a permitir que seja escolhido o "alguém" para quem a perguntada previamente estava disposta a oferecer algo de maior valor. Bem, essa desonestidade era uma exceção, mas aquela era uma das noites de exceção, e a menina-guia dessa ocasião já havia combinado dar um beliscãozinho na garota quando determinado menino fosse apontado. E eu já havia combinado com a guia que o beliscão haveria de ser dado quando *eu* fosse o apontado...

De nada adiantou a tramoia. Fiquei mesmo sem o beijo.

Naquele tempo, brincadeiras de crianças só a elas diziam respeito e os jogos e canções eram aprendidos desde cedo pela observação dos mais crescidinhos, e adulto não se metia. Nos aniversários, as mulheres ficavam lá a enrolar brigadeiros e olhos-de-sogra, a embrulhar balas de alfenim, e os homens juntavam-se em outras rodas com suas cervejas e anedotas. O tempo passou e nos aniversários das crianças de hoje em dia ninguém mais brinca de roda, de "ô-bandô" ou de "gostas-dessa".

É... no meu tempo de menino as coisas eram mesmo bem diferentes. Mas que tinham lá sua graça, ah, isso tinham!

12. AS ESDRÚXULAS

Dentre os fabulosos ensinamentos

que recebi no grupo escolar, está a informação de que as palavras podem ser classificadas de acordo com a sílaba que soa mais forte quando falamos. E em relação a uma delas fiquei tão fascinado que até hoje penso em criar a história de uma bruxinha chamada Esdrúxula, que transforma em

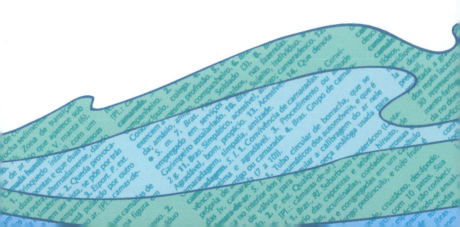

sapo qualquer um que ousar chamá-la de Proparoxítona. Ou vice e versa.

Depois de tão importante lição, nossa professora propôs um desafio: quem trouxesse dali a uma semana uma lista com o maior número de palavras proparoxítonas (ou esdrúxulas!), ganharia sei lá quantos pontos para a conquista das famosas medalhas. A regra das medalhas era a seguinte: no fim de cada mês, os três melhores alunos da classe ganhavam uma medalha dourada, uma prateada e

outra bronzeada, e durante todo o mês seguinte teriam o direito de vir para a escola com suas medalhas orgulhosamente espetadas no uniforme para que todo mundo ficasse sabendo da excelência de seu desempenho escolar no mês anterior. Se no final daquele mês suas notas fossem suplantadas por outros alunos, eles deveriam entregar as medalhas e a honra passaria a ser espetada em outros peitos.

Como desde pequeno eu só gostava de ler histórias e achava muito chato estudar as lições regulamentares, meu peito magrelo jamais tinha sido honrado com a exibição de

medalhas de qualquer cor. Só que, com as esdrúxulas, esse destino estava para ser alterado.

Fascinei-me com as esdrúxulas e aceitei o desafio: logo chegado em casa, apossei-me de um dicionário e dispus-me a bater todos os recordes esdrúxulos deste mundo. Desde o A, fui caçando as tais proparoxítonas e escrevendo-as no caderno. Nem sei quantas páginas preenchi e nem sei se consegui chegar ao B ou se fui caçando as esdrúxulas aleatoriamente ao longo do dicionário, mas o certo é que, na semana seguinte, o segundo colocado não havia trazido nem a metade dos vocábulos que eu desencavara!

Foi a glória! Fui cumprimentado pela professora e muitos colegas nem conseguiam entender como eu tinha chegado tão longe. Quando eu disse que havia passado a se-

mana lendo um dicionário, alguns perguntaram: "Lendo o quê?!". É, eu não estudava o que me mandavam estudar, mas um dos meus passatempos era procurar vocábulos raros e complicados no dicionário para criar palavras cruzadas tão difíceis que nem os adultos seriam capazes de resolver. Numa dessas consultas, lembro-me de ter encontrado o fascinante "infundibuliforme", mas isso já é outra história.

Voltei para casa carregado de glórias, como um combatente que retorna da batalha com a farda ainda suja pela lama das trincheiras. O cumprimento da professora certamente correspondia à conquista dos tais pontos a mais e, quem sabe... de uma medalha!

Deitei-me pensando no prêmio e adormeci sonhando que era um herói curvado para a frente devido ao peso de tantas medalhas gloriosas que carregava no peito. Cada uma representava um feito em que eu arriscara a própria vida: no primeiro, eu havia mergulhado nas águas gélidas do Mar do Norte para salvar a vida de centenas de vítimas afundadas pelo Titanic; em outro eu era um piloto de caça na 2ª Guerra, que havia derrubado um milhão e setecentos mil aviões nazistas; mais outro significava a

recompensa merecida por meu destemor ao enfrentar desarmado uma matilha de lobos que atacava uma aldeia de desprotegidos esquimós; mais um significav... zzzzz...

Dito e feito! No final do mês, corrigidas todas as provas, era certo que a de Matemática teria tirado alguns dos pontos conquistados com as benditas esdrúxulas, mas... mas sobraram pontos suficientes para a medalha de bronze!

Levantei-me, vermelho de orgulho, sob gozações dos colegas, e a professora estendeu-me a medalha. Minha mão já estava quase pegando o tão desejado prêmio quando a da professora recolheu-se:

– Você conquistou a medalha, Pedro. Mas não vai poder usá-la. Eu vou deixá-la na gaveta da minha mesa e só vou entregá-la a você quando seu comportamento melhorar.

Surpresa! As gozações dos colegas aumentaram, quase viraram vaias e eu voltei a sentar-me com um sorriso sem graça e apresentando uma vermelhidão na cara que agora já tinha outra razão de ser.

Melhorar o comportamento... Impossível! Não, eu não era bagunceiro nem malcriado, mas como ficar de boca fechada quando havia tanta coisa para falar para os colegas, tantas aventuras vividas no meu mundo fabuloso? Num mundo cheio de perigos imaginados sob o chapéu-de-sol do quintal, quando eu mergulhava nas águas do riacho do Sítio do Picapau Amarelo para resgatar a boneca Emília

das garras da Dona Aranha? Quando enfrentava o Capitão Barba Negra nos mares do Caribe? Quando, espada na mão, eu duelava com malvados aristocratas e outros vilões malvadíssimos?

É, não deu. A medalha descansou um mês inteirinho na gaveta da professora e, no mês seguinte, dali saiu para espetar-se em outra camisa. Que coisa mais esdrúxula!

13. UM PRECOCE TALENTO MUSICAL

O sinal para o início das aulas

no Grupo Escolar Visconde de São Leopoldo não era ainda o comando para entrarmos em classe. Ao ouvi-lo, todos os alunos, de todas as séries, formávamos filas no pátio para cantar. A última performance seria o Hino Nacional, mas antes entoávamos outras canções. De todas, só me lembro de uma: "O canto".

Nessas horas eu me esbaldava! Enchia os pulmões e berrava os versos de "O canto" com um entusiasmo único. Eu era o melhor minicantor do mundo!

Foi então que a formação de um coral de alunos foi anunciada. Rá-rá: estava pra mim! Aquela era a oportunidade de meu incrível talento para o bel-canto tornar-se mundialmente conhecido.

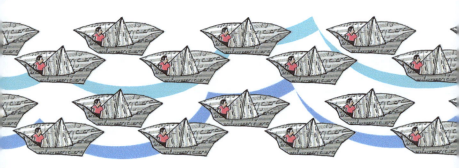

Foi anunciado que a professora-chefe do coral iria de sala em sala para escolher quem participaria da novidade. E o teste consistia em cada aluno perfilar-se na frente dela e mostrar sua afinação entoando justamente "O canto". Quando chegou a minha vez, lá fui eu, seguro, disposto, crente não só em minha escolha, mas em minha óbvia escalação como solista.

E soltei a voz:

– O caaa##an*&%-tô&%ôôô...!

Na mesma hora, as sobrancelhas da tal professora franziram-se e sua boca contorceu-se num esgar. Devia ser uma expressão de admiração, de basbaque, de surpresa pela descoberta de tão raro talento, mas o que se seguiu veio para desfazer essa impressão. A professora sacudiu a mão, mandando-me parar com a berraria e disse apenas isto:

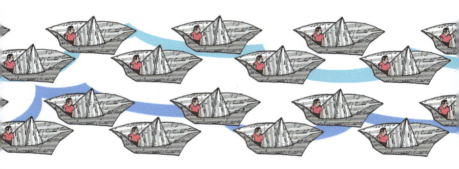

– Pode voltar ao seu lugar, menino.

O coral foi formado e acabou apresentando-se no final do ano. Alguns dos cantores, os menos melodiosos, ficavam no fundo da formação de uns cem alunos, fazendo apenas "bum-bum-bum" para não estragar o arranjo. E eu nem para o "bum-bum-bum" havia sido escolhido...

Tempos depois, já aluno de ginásio do Colégio Canadá, uma das glórias da instituição era a famosa fanfarra.

Ah, a fanfarra do Canadá! Admirada em toda cidade, só tinha concorrente à altura no Colégio Santista, a escola masculina dos "ricos", dirigida pelos maristas. A disputa era acirrada! Cada uma das fanfarras esforçava-se ao máximo para brilhar no desfile do dia 6 de setembro, pois o dia 7 ficava reservado para as paradas militares. Envergando reluzentes uniformes e procurando chamar a atenção das garotas dos colégios femininos, que marcavam seus lindos passinhos pelo som das bandas dos colégios masculinos, desfilávamos ao longo das avenidas da praia, do Boqueirão e do Gonzaga, até a praia do bairro José Menino.

Assim, fazer parte da fanfarra era uma honra única, ansiada por todos nós. Eu, é claro, *tinha* de conquistar o direito de tocar algum instrumento. E, como meu talento como instrumentista era semelhante ao de cantor, planejei uma saída brilhante: nada de tentar fazer parte da bateria.

Nada das caixas ou repiques que qualquer um podia facilmente descobrir quem era e quem não era competente com as baquetas nas mãos. Eu tinha de ficar mesmo com algum dos instrumentos de sopro, porque, no meio deles, era só... fingir que estava tocando! Como o professor encarregado da fanfarra não era lá muito atento, foi desse modo que me tornei um dublador de mão cheia, desfilando garbosamente, primeiro carregando uma tuba, na qual eu não ousava nem mesmo fazer o "poum-poum" que qualquer idiota era capaz de soprar, e depois com a conquista de uma corneta, da qual jamais tirei qualquer som, mas que me permitiu marchar com orgulho e altivez em umas três ou quatro paradas estudantis.

Na adolescência tornei-me ator, apaixonei-me pelo teatro e, logo que me mudei para São Paulo, dediquei-me ao teatro profissional, que em poucos anos havia de abandonar pelas dificuldades de sobrevivência financeira nessa árdua, mas fascinante, profissão. Um dos bons trabalhos que fiz foi *Romão e Julinha*, uma linda peça musical, versão infantil de *Romeu e Julieta*, em que gatos amarelos e brancos se odeiam e o gato amarelo Romão e a gatinha branca Julinha apaixonam-se criando toda a confusão. Eu fazia justamente o papel de Romão. A produção era cara, caprichada, e ficou decidido que as músicas seriam previamente gravadas para que se pudesse, cantando com o reforço da gravação, manter uma certa qualidade média em todas as apresentações. E fomos todos para um estúdio gravar as canções. Ao meu papel de Romão cabia um solo bem fácil, uma valsinha que eu deveria cantar sob o balcão da casa da gata Julinha, declarando-lhe meu amor. Era a ocasião de mostrar que a professora do coral do grupo escolar estava errada, não era?

Não era. No estúdio de gravação, cercado por instrumentistas e cantores profissionais, além da maestrina que fizera os arranjos, depois de umas duas tentativas de me fazer cantar a tal valsinha, confirmou-se o diagnóstico daquela antiga professora do coral escolar:

— Pedro, vamos gravar com a voz de um profissional e, no palco, basta você dublá-lo que...

Eu esperneei! Se tinha o talento de ator para fazer o papel do protagonista, a canção era minha e pronto!

A contragosto, a maestrina tentou me ajudar: um violinista gravou a melodia da canção e um fone foi-me posto ao ouvido, para que, com aquele apoio, eu pudesse cantar pelo menos razoavelmente. Depois de algumas dezenas de tentativas, porém, a solução foi eu terminar meu único solo da vida, *falando* a letra da música...

Apesar desses percalços *Romão e Julinha* foi um sucesso e a RCA resolveu gravar um disco infantil. Se alguém ainda tiver o LP com essa linda história, poderá ouvir minha voz, *falando* com paixão, não *cantando* a letra da tal valsinha.

Anos mais tarde, porém, depois de contar histórias de fadas e bruxas para embalar meus netinhos na hora de dormir, canto para eles os mesmos acalantos que aprendi no colo de minha mãe. E a criança adormece tranquila, feliz, e nunca, nunca mesmo alguma das minhas crianças disse que eu sou desafinado...

14. MENINOS, EU LI!

Estou certo de que a música e a poesia passaram a habitar em mim desde os acalantos carinhosos de minha mãe. Ah, os anoiteceres numa cadeira de balanço, no colo quentinho, ouvindo o "Nana nenê", "Boi da cara preta" ou a pouco conhecida canção de ninar na certa vinda das terras de Portugal: "Dorme, dorme, filhinho, meu anjinho inocente, dorme, meu queridinho, que a mamãe está contente"...

Mas... e as histórias que ela contava? Que mundo maravilhoso de sonho e fantasia eu começava a conhecer! *Chapeuzinho Vermelho*, *Branca de Neve*, *Rapunzel*, *Os três porquinhos*, *A gata borralheira* e o tremendo *João e Maria*! Ah, o medinho confortável que eu sentia daqueles lobos ameaçadores e daqueles bruxas traiçoeiras! E como eu me divertia com as malandragens do meu esperto xará, o Pedro Malasartes!

É lógico, portanto, que logo que pude compreender que tudo aquilo e muito mais estava escrito e que eu podia decifrar sozinho as histórias, essas maravilhas passaram a preencher todos os intervalos de minha vida. A fabulosa Alice do Lewis Carroll disse que livro sem figuras nem diálogos não tem graça, mas, para mim, além disso o que valia eram livros cheios de aventuras e fortes emoções.

No meio desse tipo de diversão, tive uma fase indígena, apaixonando-me por romances como *O guarani*, *Ubirajara* e *Iracema*. Mais do que os peles-vermelhas dos filmes de faroeste, que sempre acabavam massacrados pelos caubóis ou pela cavalaria norte-americana de fardas azuis, os índios descritos por José de Alencar permitiam-me imaginar a vida selvagem nas florestas do meu país, criar na cabeça os cenários, as personagens e os lances ousados das façanhas daqueles heróis que se comportavam com a honra e a motivação de fidalgos europeus.

Eu vibrava às lágrimas com o poema "I-Juca Pirama", de Gonçalves Dias, em que um bravo guerreiro Tupi capturado, prestes a ser morto pelos Timbiras, implora que poupem sua vida pois tem seu velho pai cego para cuidar. E que emoção quando ele, trazido de volta pelo pai envergonhado de seu momento de covardia, sai lutando sozinho contra toda a tribo Timbira! No poema, o poeta mostra um velho índio narrando com admiração as façanhas do herói que assim termina:

E à noite nas tabas, se alguém duvidava
Do que ele contava,
Tornava prudente: "Meninos, eu vi!"

Emocionado, eu tentava decorar o poema inteirinho e o declamava para mim mesmo, olhando-me no espelho e fazendo pose de guerreiro Tupi.

E *O guarani*, então? Que história a do índio Peri! Que valentia! Como deve ter sido eletrizante viver numa época como aquela, lutando contra onças e fidalgos italianos traidores como Loredano, um dos melhores vilões da literatura brasileira! Nem me passava pela cabeça que aqueles índios jamais existiram no Brasil nem em nenhum outro lugar, e que tivessem sido inventados por uma mente imaginativa como as velhas senhoras do passado inventavam Cinderelas e Rapunzéis...

Eu adormecia imaginando-me um índio como aquele Peri, atirando-me de uma árvore à outra, pelo ar, agarrado a cipós, feito o Tarzan do cinema. Na tela dos meus olhos fechados, eu me projetava na imagem de Peri, caçando à unha uma onça enorme, amarrando-lhe a bocarra e as patas e carregando-a nas costas, só para contentar minha amada Ceci, que havia manifestado o desejo de ver uma onça viva! E logo vinha a inundação final do rio Paraíba, quando eu, na pele de Peri, arrancava somente com a força de meus braços uma palmeira enorme

para servir como canoa e assim salvar a vida de Ceci... Verdade que muitas vezes eu já tinha sido D'Artagnan, Batman e Zorro, mas Peri era melhor ainda. Aquilo, sim, era índio e o resto era conversa fiada! E que me importava se é impossível um homem sozinho capturar com as mãos uma onça viva? Ou que não há ninguém que possa arrancar uma palmeira com a força dos braços? Ora, se eu aceitava tranquilamente que fadas transformassem abóboras em carruagens e que príncipes escalassem torres agarrando-se a tranças de donzelas, por que não haveria de acreditar que nossos índios teriam sido capazes de enfiar destemidamente a mão num formigueiro e mantê-la ali dentro, sem um pio, resistindo às picadas, sem dar sinais de dor, para provar sua coragem às moçoilas da tribo?

A prova das formigas é a história do índio Ubirajara, que enfia a mão numa cabaça cheia de formigas saúvas e fica ali, sorrindo e cantando para sua amada, a linda indiazinha Araci... Essa ousadia emocionou-me tanto, que certa vez descobri um montículo de terra fofa no quintal, morada e abrigo de miudinhas formigas lava-pé, e propus-me o desafio: meter a mão no formigueiro e aguentar firme, sem um pio, como fizera Ubirajara para provar que era macho. Mas olhei melhor, imaginei-me pulando pelo quintal e correndo depois para a torneira mais próxima, azucrinado pela dor e pelo ardor de centenas de picadas e... desisti! O resultado teria sido ficar dias com a mão inchada, vermelha, cuidada por minha mãe com cataplasmas de farinha de mandioca molhada. Decididamente para índio eu não servia...

Ao relembrar essa aventura, fiquei aqui pensando: "I--Juca Pirama" lembro-me bem de ter lido muito cedo, mas será que eu lia mesmo *O guarani, Ubirajara* e *Iracema* em tão tenra idade? Ou será que só tinha sido apresentado a esses romances pelas quadrinizações publicadas em *Edição Maravilhosa*, as inesquecíveis revistas da Editora Brasil--América, e só lido os romances anos depois?

Não sei. Literatura, gibis e cinema confundiam-se dentro de minha cabeça, construindo-me, moldando meu imaginário, lapidando minha sensibilidade, provocando minhas emoções. Do mesmo modo que atualmente os livros, os gibis, os filmes, a televisão, o *video game* e o computador constroem, moldam, lapidam e provocam as almas dos que logo, logo se tornarão adultos.

Não importa por onde se começa, o que importa é ser capaz de dizer:

"Meninos, eu li!"

15. O BIROLHO

Por causa dos meus óculos,

o Adilson me pôs o apelido de Birolho.

O Adilson era o mais experiente da classe, sabia tudo das coisas. Era dos que tinham resposta pra tudo, enquanto eu era daqueles que tinham pergunta pra tudo.

Além disso, ele sempre ganhava de mim no jogo de gude.

– Ó lá a estecada! Box!

E a bolinha dele chocava-se contra a minha, expulsava a coitada para longe e acabava encaixando direitinho no box, que era um buraquinho que a gente fazia no chão de terra do recreio. Quando a gente jogava "à vera", não "à brinca", a aposta era a própria bolinha de gude do perdedor. Naquele início do 4º ano, o Adilson já deveria ter ganhado umas dez bolinhas minhas, quando a dona Zulmira anunciou a prova de geografia.

Prova de geografia! E dali a uma semana! Como é que eu ia fazer? Como decorar em poucos dias todos aqueles nomes de afluentes das margens esquerda e direita de tantos rios, se eu nem sabia direito o que era um afluente?

Eu estava perdido e me queixei do problema com o Adilson. Como ele sabia das coisas, naturalmente levantou a sobrancelha e veio com a solução mágica:

– Fácil, Birolho. É só colar na prova.

Eu ia dizer que o que ele tinha falado estava meio errado, que ele deveria dizer "colar *a* prova", ainda que eu não pudesse entender de que me adiantaria lambuzar a folha da prova com goma arábica, mas ele se adiantou:

– Olha só. Você pega um pedaço de papel, uma tirinha, e escreve, com letra bem pequena, tudo o que pode cair na prova. Mas letra bem pequena, hein? Daí, no dia da prova, é só tirar o papelzinho do bolso e espiar as respostas quando a dona Zulmira não estiver olhando.

Genial! Uma ideia brilhante como aquela só poderia ser mesmo do Adilson. Eu estava salvo!

E tratei de preparar a tal cola muito bem preparada. Naquele tempo raramente a gente tinha livros com as lições e quase tudo era explicado a giz pela professora no quadro e anotado a lápis pela molecada nos cadernos. Li e reli minhas anotações e fui escrevendo aquele monte de sabedorias, com a letra mais miudinha que eu conseguia. Além dos tais afluentes, havia cordilheiras, pontos culminantes, toda essa coisa, e, por fim, mesmo com a letra mais miudinha que eu conseguia fazer, a tira de papel não ficava pequena o suficiente. Com aquele tamanho, na certa dona Zulmira ia me surpreender, ia tirar minha prova, me dar zero, me mandar para a diretoria, e daí seriam três dias de suspensão, minha mãe chamada pelo diretor – o sinistro professor Espinhel – para que ela ficasse sabendo a espécie de malandro que tinha como filho. E eu estaria perdido para sempre.

Era preciso caprichar mais, e eu passava horas relendo as lições, procurando diminuir as frases, até conseguir transformar "os principais afluentes da margem direita do rio Amazonas são: Javari, Jutaí, Juruá, Tefé, Coari, Purus, Madeira, Tapajós e Xingu" em "MD: Java-Juta-Ju-Te-Co-Pu--Ma-Ta-Xi".

Fiquei seis dias sem brincar de mocinho e bandido nem ler gibi, cortei inúmeras tirinhas de papel, escrevi e reescrevi um milhão de vezes as anotações da cola, até que, na véspera do dia fatal, dei-me por satisfeito: a cola estava perfeita! Tudo, tudinho mesmo, estava anotado ali, sem faltar nada, na menor tirinha de papel deste mundo. Num lance de esperteza, eu tinha usado até os dois lados do papelzinho para economizar no tamanho. Naquela prova, eu ia arrasar.

No bolsinho do uniforme, escondi a cola muito bem enrolada e lá fui para a escola, confiante no meu destino.

Sentado na minha carteira, pisquei para o Adilson, mostrando que eu estava

mais do que preparado. Apalpei minha cola escondida e esperei que dona Zulmira escrevesse as perguntas na lousa, com aquela letra bonita de professora que eu jamais aprenderia a fazer na vida.

Durante as provas, ela costumava ficar sentada à mesa, controlando a gente de longe, e eu já havia planejado um ângulo para sacar meu papelzinho bem escondido dos olhos dela.

Bom, a primeira pergunta era fácil demais, e eu nem precisei da cola: nada menos do que os afluentes da margem direita, e logo me veio à memória a palavra mágica: "Javajutajutecopumataxi". A segunda era ainda mais bico e eu fui respondendo na hora. A terceira eram os pontos culminantes do Brasil e minha mão deslizava pela folha da prova sem que eu precisasse nem pensar. E foi assim até o final. Que prova fácil tinha preparado a dona Zulmira! Eu havia respondido todas as perguntas, em tempo recorde, e o papelzinho repousava intocado no bolsinho do meu uniforme. Que felicidade!

Entregamos as folhas e dona Zulmira, enquanto corrigia as provas, mandou a gente fazer uma redação, provavelmente com o título "As minhas férias" ou "Um passeio no zoológico", embora nunca tenha havido um zoológico em Santos.

Aguardei feliz e confiante. Eu me sentia um vencedor e nem me lembro se caprichei na tal redação e nem se o tema era mesmo algum daqueles.

No final da aula, quase na hora de bater o sinal, dona Zulmira tinha terminado a correção e lá vieram as notas. E a minha... ah, a minha recebeu o mais delicioso DEZ deste mundo!

O único dez da classe! Eu sorri, sentindo-me o maior, enquanto o Adilson recebia sua nota quatro.

Pobre do Adilson, ia eu pensando, pois na certa ele não tinha conseguido fazer uma cola boa e pequena como a minha, quando o danado ergueu o braço, ficou de pé, apontou o dedo para mim e disse:

– O Birolho teve dez porque colou!

Recebi a ordem de levantar-me. Minhas orelhas na certa estavam vermelhas, para combinar com a cor da cara.

Meu coração disparava e em minha mente estava a carranca do professor Espinhel com seus castigos temíveis, suas suspensões e... Mas dentro de mim havia também uma dor profunda e o vazio da falta de uma palavra que desse um nome àquela situação. Mais tarde eu haveria de conhecer essa palavra, também terminada em "ão".

Por trás dos meus óculos, a cena foi ficando embaçada pelas lágrimas...

Eu deveria terminar esta história por aqui, para que a primeira traição que sofri permanecesse no ar, sem final feliz. Mas, na verdade, o que aconteceu foi que os olhos de dona Zulmira lentamente saíram da direção do Adilson e cravaram-se em mim.

— Quero ver a cola.

Pela primeira vez naquele dia, o papelzinho enrolado saía do meu bolso e era estendido para a professora. Dona Zulmira desdobrou-o e examinou-o, séria, sem nada dizer.

Com voz de choro, eu decidi que tinha de falar a verdade e pronto:

— Eu fiz essa cola, sim, dona Zulmira. Levei a semana inteira fazendo. Mas juro que respondi toda a prova sem tocar nela.

Aquele olhar levantou-se do papelzinho e encarou-me de novo.

— Muito bem. Então vamos ver: quais são os principais afluentes da margem direita do rio Amazonas?

— Javari, Jutaí, Juruá, Tefé, Coari, Purus, Madeira, Tapajós e Xingu — respondi na hora.

— E da margem esquerda?

Eu mandei ver:

— Araguari, Içá, Japurá, Negro, Paru e Jari.

Com mais duas perguntas, dona Zulmira pareceu satisfeita e decidiu:

— Muito bem. Você não fez uma cola. Estudou fazendo resumo. Sua nota continua valendo.

Ao sentar-me, os óculos já não estavam tão embaçados, e deu para ver que o vermelho tinha saído da minha cara e coloria agora a cara do Adilson...

Bom, isso foi o que aconteceu. Mas, para um menino de dez anos, creio que final feliz mesmo seria este:

Na manhã seguinte, no recreio, chamei o Adilson para o pátio.

Ele veio com aquela cara de moleque pronto pra briga. Eu tirei uma bolinha de vidro do bolso e só falei isto:

— É "à vera".

Naquele dia, joguei como ninguém e ganhei todas as bolinhas do Adilson.

Bem feito!

16. ESSE EÇA!

Naturalmente

não me lembro do "meu primeiro livro", embora eu tenha ainda comigo, guardada como uma preciosidade, uma linda lembrança que traz a dedicatória de minha mãe, com data de 1947, quando eu tinha cinco anos. É uma versão da fábula *A cigarra e a formiga*, do grego Esopo, depois recontada

em versos pelo francês La Fontaine. Mas, reescrita por José Reis, um jornalista e escritor brasileiro, a fábula que critica a "preguiça" da cigarra que só canta enquanto a formiga trabalha, modifica-se, mostrando que a profissão do artista é também um trabalho importante. Assim, a fábula virou conto de fadas, e Dona Cigarra, maltratada pela malvada formiga Dona Quem-quem, é acolhida por outra formiga, esta boazinha, a Dona Asteca, que cuida dela e a salva da

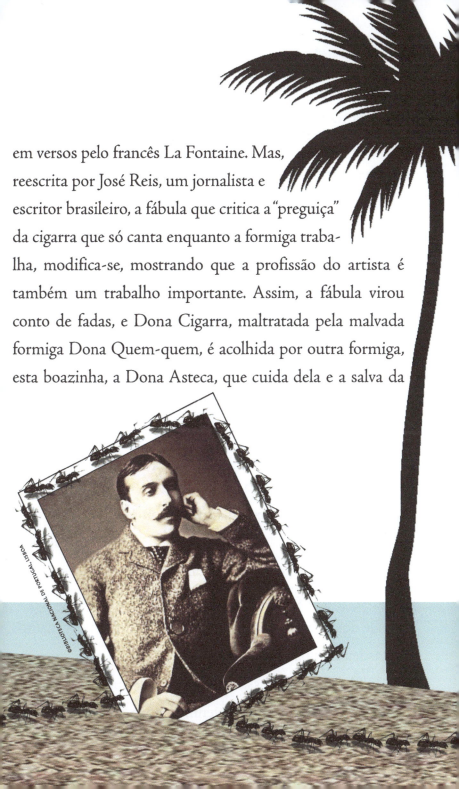

morte com que o frio do inverno a ameaçava. Naquele ano eu ainda não sabia ler, mas sabia ouvir muito bem e devo ter me deliciado ao ouvir minha mãe ler para mim o livrinho, na certa muitas vezes, enquanto eu acompanhava o enredo admirando as ilustrações e ansiando para um dia ser capaz de decifrar aquelas formiguinhas pretas que se enfileiravam ordenadamente e guardavam o segredo da maravilhosa viagem chamada literatura. Essas formiguinhas – é claro! – deviam ser filhotes da Dona Asteca, nunca da Dona Quem-quem!

Talvez por ter nascido sem pai, broto que fui deixado na barriga de minha mãe quando o jovem pai morreu, talvez por ter sido um menino solitário pelo fato de meus irmãos serem muito mais velhos do que eu, talvez porque ainda não havia televisão nem *video game*, talvez por tantas histórias ter ouvido desde as fraldas, ou talvez porque fosse mesmo tímido, logo que pude decifrar as "formiguinhas pretas", meu lazer passou a ser a leitura. Nada de "estudo", nada de "busca do saber". Ler para sonhar, para sentir-me na pele dos protagonistas, para me divertir mesmo. Quanto dessas leituras habita ainda em mim!

Mas, pulando essa *A cigarra e a formiga* e os queridos autores de literatura juvenil, lembro-me de "O suave milagre", do grande escritor português Eça de Queirós. Devo ter lido esse conto em alguma antologia escolar, talvez em um dos famosos "livros de leitura", que complementavam as lições de gramática. Que impacto! Eu lia e relia o conto, lágrimas, frissons, emoções que acredito nunca mais ter conseguido sentir ao ler um texto. É certo que a forte educação católica que me era imposta deve ter ajudado e muito no agrado por este texto, mas, mesmo depois de abandonada essa formação, "O suave milagre" continua como uma das minhas narrativas favoritas. Que conto! Esse Eça!

O impacto da história do menino miserável e aleijado que deseja ver Jesus despertou-me a vontade de conhecer outras histórias daquele escritor com nome tão estranho. Na biblioteca da escola, descobri um livro com mais contos seus e adorei "O tesouro", "A aia", "O defunto", e esse Eça jamais saiu da minha vida. Na ocasião, o interesse por livros de suspense, de mistérios e de crimes já tinha sido despertado em mim, e ouvi falar que aquele fantástico português escrevera um livro chamado "O crime do Padre Amaro". Ah, devia ser demais! Um crime cometido por um padre! Esse eu precisava ler e depressa: talvez algum esperto detetive tipo Sherlock Holmes acabasse por descobrir e levar à prisão aquele original criminoso de batina negra.

Minha mãe não tinha posses além de seu imenso amor, e por isso muitos dos meus desejos materiais de criança jamais puderam ser satisfeitos, como uma bicicleta, um trenzinho elétrico norte-americano da marca Lionel, uma coleção completa do "Tesouro da juventude", um "Mecanô" (conjunto da indústria francesa de placas metálicas com orifícios, porcas e parafusos que permitia construir carros, caminhões, guindastes e tudo o mais que se quisesse), ou um "Poliopticum", que trazia tubos e lentes com os quais se construíam microscópios, lunetas e telescópios. De qualquer modo, sonhar era barato e eu costumava escrever num caderno uma lista de "Coisas que eu quero", isto é, os meus sonhos de consumo. E a lista começava com o item "Livros", onde registrei, em primeiro lugar, o almejado livro de Eça de Queirós *O crime do Padre Amaro*.

Quem sabe, no Natal, alguma tia, algum tio, pudesse satisfazer pelo menos parte da minha lista?

Mas foi mesmo um tio que certa vez abriu meu caderno e lá descobriu a lista.

E fez um escândalo!

– Que absurdo! Onde esse menino está com a cabeça? Como pode sequer sonhar em ler um livro indecente como esse?

Armou-se uma confusão dos diabos. Eu me vi cercado como um tarado precoce apanhado em flagrante, interrogações e broncas vinham de todos os lados, empurravam-me, perguntavam quem andava falando daquelas coisas horrorosas para mim, logo desconfiaram de algum dos meus dois irmãos mais velhos, a bronca ia sobrar para outros inocentes...

– Esse menino está perdido, Hilda! O que vamos fazer com ele?

Figura central do bafafá, eu tentava entender pelo menos alguma coisa do que estava acontecendo. Está certo, eu sabia que a minha família (exceto minha mãe!) vivia dizendo que ler é ruim, que eu só devia estudar, mas sempre havia alguma abertura para aquelas proibições e até que às vezes, ao me verem lendo, me deixavam em paz. Daquela vez, porém, eu percebia que o problema não era minha perigosa opção pela leitura. Era a escolha de *um* livro em especial. Mas o que poderia conter aquele livro? Afinal, apesar dos narizes torcidos de minha avó, tias e tios ao me verem com um livro nas mãos, não me lembrava de ter sido especialmente criticado por ler aventuras de detetives. Quem é que aquele padre havia assassinado para despertar tão imensa fúria familiar? Como podia eu adivinhar que o tema de *O crime do Padre Amaro* não era assim tão suave quanto o milagre feito por Jesus para atender à esperança do pobre menino aleijado?

Hoje, *O crime do Padre Amaro* é indicado como leitura obrigatória para o vestibular e certamente milhares de jovens brasileiros mergulham todos os anos na tão bem descrita paixão do recém-ordenado Padre Amaro pela linda Amélia. Que história! Tão logo pude distanciar-me do controle familiar, devorei o livro, mesmo num tempo em que não havia imposições chamadas "leitura obrigatória" para a

prova de português nos vestibulares. Junto com ele, vieram *Os Maias*, *O primo Basílio* e o meu predileto, que é "A ilustre casa de Ramires". Que delícia!

Ah, esse Eça!

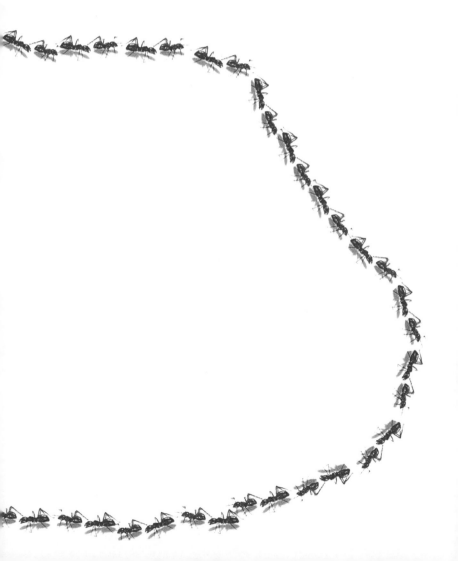

17. LER FAZ MAL?

Não é que eu gostasse de ler. Não, não era isso. O que eu gostava era de *viver* as incríveis aventuras que os autores me faziam imaginar. Depois de adulto, não mudei nadinha da silva, pois não posso viver sem partilhar as dificuldades em que as personagens se enredam, participando não só de suas aventuras, mas principalmente de suas *des*venturas, para "sentir na pele" as consequências de suas ações, mesmo quando comandadas por maus sentimentos, sem que eu tenha de sofrer "de verdade" essas consequências.

Não preciso ser ambicioso para saber quais os abismos aos quais a ambição desmedida pode levar; basta que eu tenha lido *Macbeth* ou *Ricardo III*, do grande dramaturgo inglês William Shakespeare.

Não tenho de sentir remorso de verdade, depois de ter lido *Crime e castigo*, do russo Dostoievski, e ficar sabendo quanto pesa o arrependimento.

Não é necessário que algum amor me traia para eu conhecer o ciúme; é suficiente que eu tenha aprendido com *Dom Casmurro*, do nosso Machado de Assis, ou com *Otelo*, do mesmo Shakespeare.

Não preciso sofrer com alguma paixão impossível, uma vez que já me espantei com *Romeu e Julieta* ou com qualquer outra de tantas tragédias do desencontro.

E nem preciso me torturar muito com a saudade de alguém que perdi, desde que, para me aliviar, ainda esteja viva em minha memória a lembrança de "Alma minha gentil que te partiste", o imortal soneto de Luiz de Camões, a mais perfeita descrição de "saudade" sem que essa palavra seja sequer mencionada.

Acontecia, porém, que esses pontos de vista não eram partilhados por meus familiares, porque a casa era comandada pela mão férrea, pela voz dura e pelo pensamento fanático de minha avó materna. E seus sermões moralistas eram disciplinadamente secundados pelas tias, pois os poucos homens adultos da família eram muito ausentes e dominados pelas esposas. E, por isso... as tias! Ufa! E a avó! Ufa!

Entre os "ufas" que eu tinha de expirar depois de cada sermão contra a educação que eu vinha recebendo de minha mãe – que, no entender dessas mulheres, era desastrosa e só podia levar-me ao crime e à perdição –, estava sua implicância com minhas leituras. Lembro-me de uma discussão de uma delas com minha mãe, e do desfecho, em que, berrada, ouvi esta sentença:

– Mas, Hilda, esse menino só lê, não estuda!

Pois é. Eu só lia, não estudava. Como se fosse possível estudar sem ler.

Muito mais tarde, depois de ter sustentado minha vida inteira escrevendo como jornalista ou como publicitário, levei minhas palavras para os livros. Certa vez, alguém, em alguma cidade do interior de São Paulo, talvez depois de alguma conferência que eu tivesse proferido, perguntou-me:

– Mas o senhor só escreve? Não trabalha?

Essa deve ter sido a pergunta mais interessante que já me fizeram. Fiquei um instante pasmo e acabei respondendo:

– Não. Eu também leio.

O perguntador pareceu-me algo surpreso, sem saber o que dizer, e eu devolvi:

– E o senhor? Gosta de ler?

Ele respondeu imediatamente:

– Gosto, gosto muito.

– E o senhor lê bastante?

Dessa vez ele titubeou e disse, meio aos trancos:

– Bom... é que, sabe? Não tenho tempo... o trabalho... a família...

Saí pensando que aquele não era um consumidor dos produtos oferecidos por pessoas como eu, que só escrevem, não trabalham. Ele não tinha "tempo para ler", mas certamente arranjava bons intervalos para torcer pelo seu time do coração, para assistir novelas na TV ou para tomar uma cervejinha com os amigos. Nem os vazios

dos momentos de espera, na antessala de um consultório dentário, por exemplo, são preenchidos com alguma leitura por cidadãos como aquele. É isso mesmo: cada um faz aquilo que gosta e "não tem tempo" para o resto. Eu, por exemplo, que não sou alto e na certa por isso nunca fui convidado por alguém para jogar basquetebol, jamais "tive tempo" de praticar esse esporte. A gente não tem o hábito de fazer o que não se sabe fazer direito, não é?

Não sei bem por que, se por causa dos gibis, se por causa da necessidade de ler com rapidez para entender as legendas dos filmes de bangue-bangue, eu adquiri cedo o tal "hábito da leitura". Mas esse hábito, para minha família, era um defeito. "Ler faz mal", eu ouvia. No entanto, quase como uma tardia revanche, com minha severa avó já no fim da vida, praticamente sem enxergar, acabei tendo o prazer de ler em voz alta para ela o romancinho *Inocência*, de Taunay, e de vê-la enxugar os olhos, tocada pelo sofrimento da protagonista. Antes de morrer, as invenções de um escritor tinham conseguido penetrar a sensibilidade de minha avó e derreter um pouco do gelo falso que a velha senhora havia criado em torno de si mesma para manter-se solidamente no comando da família. Para ela, pobre mulher, tendo enviuvado aos trinta anos, mas já com uma dezena de crianças para criar, o

pulso forte talvez tenha sido a única maneira que ela entendeu para manter o controle da família. Coitada... Acho que a vida dela teria sido bem mais feliz se ela tivesse descoberto que os livros poderiam tê-la ajudado em sua luta pela sobrevivência. Ah, como teriam ajudado!

Para mim, foram a salvação.

18. UM COVARDE

Eu usava óculos.

No meu tempo de menino, as carteiras escolares eram duplas e seu tampo tinha de ser dividido por um par de alunos. E a disputa pela metade de cada um equivalia à luta de leões em defesa de seu território e de seu harém de leoas. Na minha metade não havia leoas, mas era a *minha* metade e que ninguém viesse invadir

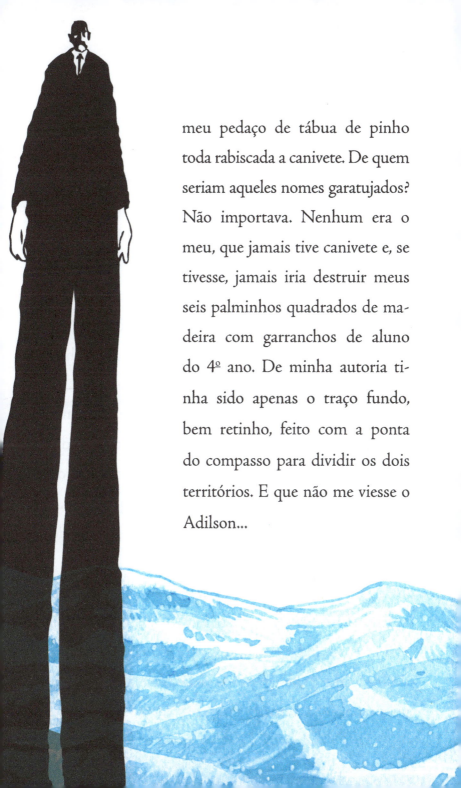

meu pedaço de tábua de pinho toda rabiscada a canivete. De quem seriam aqueles nomes garatujados? Não importava. Nenhum era o meu, que jamais tive canivete e, se tivesse, jamais iria destruir meus seis palminhos quadrados de madeira com garranchos de aluno do 4º ano. De minha autoria tinha sido apenas o traço fundo, bem retinho, feito com a ponta do compasso para dividir os dois territórios. E que não me viesse o Adilson...

Ah, mas ele vinha! Volta e meia, o ocupante da outra metade da carteira dupla sorrateiramente deslizava o cotovelo e, só para me provocar, deixava-o bem em cima da linha divisória. Se eu bobeasse... lá vinha a invasão!

Ah, o cotovelo do Adilson! Como prestar atenção às aulas de gramática, tendo aquele cotovelo, coberto pela manga comprida do uniforme, ameaçadoramente ali, quase tocando o meu, qual uma horda de bárbaros a cercar um castelo? O Adilson sentava-se à minha direita, e bastava qualquer movimento brusco para o tal cotovelo chocar-se contra o meu, justamente no momento em que, empunhando a caneta molhada no tinteiro que se encaixava num buraquinho da carteira, eu estivesse me preparando para desenhar com capricho as elegantes letras cursivas da aula de caligrafia. Mas não era com os borrões que minha atenção se preocupava. Era com a invasão! Que não viesse o Adilson...

E ele veio. Com um sorriso provocador, ultrapassou a linha divisória e instalou confortavelmente o braço na minha metade! Na mesma hora, furioso, agarrei-lhe a manga do uniforme. Num gesto de defesa, ele arrancou o braço num repelão e... a manga rasgou-se de alto a baixo!

Pronto! Aquietamo-nos na mesma hora. Cada um cerrou o punho e apoiou o nó dos dedos sob o nariz, fazendo o sinal irrecusável de briga marcada para o final das aulas. Apoiar a mão fechada sob o nariz, no lugar onde muito mais tarde nos nasceria um bigode, equivalia a golpear com a luva a face de um cavaleiro medieval.

O Adilson enrolou a manga rasgada até quase o ombro e ambos ficamos quietos, olhando para o quadro-negro e fingindo que prestávamos atenção ao que a professora discursava.

Veio o sinal do fim das aulas e todos nos levantamos para formar a fila dupla que nos levaria à saída. Os colegas haviam percebido os gestos de "vou te pegar na rua" e a expectativa era grande. Como de óculos eu não poderia lutar, tirei-os e disfarçadamente entreguei-os ao Benedito, meu melhor amigo da classe, o menino mais doce e alegre que eu jamais conheci. O Benedito tomaria conta deles até o final da briga.

Formada a fila, porém, veio a inspetora de alunos fazer o seu papel: verificar detalhes banais para ver se tudo estava na perfeita ordem exigida pelos estatutos do Grupo Escolar Visconde de São Leopoldo. E logo um detalhe fora das regras saltou-lhe às vistas:

– Adilson, você não sabe que não pode andar com a manga do uniforme arregaçada? Desarregasse a manga, já, já!

– Não posso, porque...

Os "porquês" tiveram de ser explicados e a consequência só podia ser uma:

– Para a diretoria! Já, já! Os dois! Já, já!

Contra os "já-jás" da inspetora não havia argumentos e lá fomos nós, com os braços agarrados por ela, para a sala da diretoria: o território do professor Espinhel!

Ah, o professor Espinhel... Aluno mais ou menos dentro do esperado, eu jamais tivera a ocasião de fazer uma visita forçada ao gabinete do diretor e só raramente via sua expressão carrancuda. Mas sua fama eu conhecia muito bem. Na imaginação daqueles alunos, as punições empregadas por aquele homem na certa chegavam à beira de assar um aluno travesso num tacho de ferro como o das bruxas. Da realidade, antes da imaginação, tínhamos pistas tão horríveis quanto

qualquer tacho de bruxa: infrações graves eram comumente punidas com o autor em pé, na sala da diretoria, de braços abertos, a sustentar um livro pesado em cada palma, enquanto o diretor ficava do lado, com um sorriso, à espera do momento em que, pela exaustão, o condenado baixasse os braços e deixasse cair os livros. Daí eram reguadas nos braços, na cabeça, até que o pobre recolhesse os livros e voltasse à posição de tortura.

O que nos esperava? Meus braços eram finos como gravetos e eu estava certo de que não aguentaria nem meio minuto com eles estendidos a sustentar sequer uma folha de papel de cada lado.

Na entrada do gabinete fatídico, lá estava *ele*. Sempre de terno e gravata, apesar do calor da cidade de Santos, com os cabelos cuidadosamente esticados para trás com brilhantina. Sério, face magra, encovada, que talvez nunca tivesse sorrido na vida, o professor Espinhel ouvia compenetrado a narrativa da inspetora sobre o grave delito que estivera prestes a ser cometido e sobre minha imperdoável atitude, rasgando a manga do uniforme do Adilson. Ouvia, sem nada dizer. O que nos aconteceria? O certo seria ficarmos de olhos arregalados, queixos tremendo na expectativa do castigo, mas, se bem me lembro, o que fazíamos era tentar manter os olhos baixos, respeitosos, calados...

A sala da diretoria saía para um corredor largo, bem encerado. Do outro lado dele, em frente, ficava uma porta grande, a de saída para os poucos degraus que le-

vavam ao jardim do grupo escolar. Cercando o jardim, havia uma longa grade de ferro, que permitia ver a Rua João Guerra. Todos os alunos já tinham ido para suas casas, mas, além do portão da grade, ainda havia alguém: agarrado às barras do portão, lá estava o Benedito que, sabendo que eu não podia viver sem óculos, continuava ali, a minha espera, com seus olhos compridos a fitar a escola vazia.

E os olhos duros do professor Espinhel caíram no Benedito.

– Inspetora. Vá buscar aquele aluno.

Sem uma palavra, lá se foi ela e logo voltava com o menino pelo braço.

Só a partir daquele momento eu descobri um detalhe para o qual jamais atentara antes: eu e o Adilson éramos brancos e o Benedito era negro.

Quando viu o menino, o diretor esqueceu-se da dupla de quase brigões e deve ter perguntado algo como:

– O que estava fazendo no portão, moleque? Por que não foi pra casa?

Olhos arregalados pelo medo, meu amiguinho deve ter respondido:

— Eu... é que eu fiquei com os óculos do Pedro e...

— Ah, é? Queria ajudar na briga, é?

Se tudo isso foi dito assim mesmo ou não, pouco importa. O que eu me lembro é que o homem, com a mão esquerda, agarrou a gola do uniforme do Benedito e, com a outra, passou a esbofeteá-lo.

Plá! Plá! De um lado para o outro. *Plá! Plá!* Com a palma da mão – *plá!* – e na volta – *plá!* – com o dorso da mão. E de novo – *plá!* – e novamente – *plá!* De um lado para o outro – *plá! plá!* As lágrimas brotavam dos olhinhos do meu querido amigo e logo saltavam no ar, expelidas pelas bofetadas. *Plá! Plá!*

Lembro-me ainda agora. *Plá! Plá!* Lembro-me de um fio vermelho escorrendo de uma das narinas do menino e borrifando-se em volta, no ritmo das bofetadas, gotas de sangue e gotas de lágrima... *Plá! Plá!*

Eu senti cada bofetada. Cada *plá* que ressoava pelo vazio do corredor ardia-me no rosto, inchava-me as faces, e eu chorava de dor, de uma dor real que nenhuma agressão na vida me faria sentir de novo.

Sei que eu deveria ter lutado contra aquela covardia, agarrado o braço que esbofeteava, berrado que o Benedito era apenas uma criança indefesa, que era meu amigo, mas... Mas eu era somente uma criança. Não detive o braço da brutalidade. Chorei, só chorei.

Nunca pude esquecer aquele diretor covarde. Acho que nunca senti tanta revolta contra alguém como senti naquele dia distante. Até hoje, qualquer manifestação de preconceito, de racismo, de qualquer tipo que seja, explode-me na cara e traz-me de volta a dor daquele dia.

E assim tem sido ao longo de minha vida: jamais consegui devolver com violência alguma violência covarde que eu tenha presenciado.

Por isso, eu escrevo.

19. AS MATINÊS

Minhas tardes, depois da escola, eram passadas no quintal, à sombra do imenso chapéu-de-sol. Talvez aquela árvore só tenha sido imensa sob o meu minúsculo ponto de vista, lendo e relendo os livros de Monteiro Lobato. Lembro-me de chegar à última página de *Reinações de Narizinho* e imediatamente voltar à primeira, reiniciando a viagem pelo espaço maravilhoso da literatura.

Os livros me divertiam, mas, para todo mundo, a grande diversão daquele tempo era mesmo o cinema. Eu aguardava ansioso o domingo, quando havia a "Matinê Baby", no Cine Atlântico, que já não existe mais. Nem a matinê nem o cinema. Eram sessões com curtas-metragens do Gordo e o Magro, do Carlitos, desenhos curtos do Disney e mais um monte de pequenos filmes. Ah, o cinema! Que delícia quando

alguém me levava às sessões das duas e meia para assistir aos longas-metragens, no Atlântico, no Roxy, no Cine Gonzaga, no Miramar... Lembro-me de ter saído chorando, em desespero, de dois filmes: *Coração materno*, com Vicente Celestino, e *Branca de Neve e os sete anões*, a obra-prima de Walt Disney. Só adultos calejados conseguem ficar firmes ao ver a crueldade daquela bruxa horrorosa!

Mas o Miramar, que anteriormente havia sido um cassino, desativado pelo Marechal Dutra, o presidente da época que proibiu os jogos de azar, acabou sendo demolido. No lugar dele começou a ser erguido um imenso prédio de apartamentos, que teria um novo cinema. E a inauguração desse cinema, o Caiçara, acabou coincidindo com meu décimo aniversário. E eu ganhei o melhor dos presentes: como a novidade ficava a poucos quarteirões de minha casa, obtive o alvará de ir sozinho à matinê de domingo!

Que alegria! Informaram-me que, rompendo a tradição das matinês às duas e meia, a sessão da tarde começaria às duas horas. Recebi o dinheirinho para a entrada e lá fui eu, saltitante de alegria. Ao chegar, informaram-me que a novidade era ainda maior: que, terminada aquela sessão, imediatamente começaria outra, e outra, e outra...

E o melhor é que ninguém era posto para fora no final de cada sessão! Ah, estava pra mim! Imagine: assistir a várias sessões pelo preço de uma!

E foi assim que eu assisti, uma atrás da outra, a cinco sessões corridas de *Sinfonia de Paris*, até a meia-noite! Maravilha das maravilhas! Nem senti fome, embasbacando-me com os bailados daquele lindo filme, ao som de uma música lindíssima...

Bom, é verdade que, ao sair do cinema, o caos estava instalado em minha casa: um menino de dez anos desaparecido – na certa raptado, ou afogado no canal! – e minha mãe estava em puro desespero.

Pena... o Cine Caiçara também não existe mais, assim como o Indaiá e tantos outros, vitimados pelo videoteipe e pela televisão. E talvez eu não tenha assistido às cinco sessões inteirinhas. Talvez tenham sido apenas umas três. Só sei que foi o suficiente para deixar minha bunda ardendo por um bom tempo...

20. A ARMADURA DE LATA

Alguém pode dizer

que eu era um menino mentiroso. Sob certo ponto de vista, talvez eu tenha sido mesmo, mas penso que eu estava apenas praticando minha capacidade de contar histórias, que acabaria por tornar-se minha profissão.

Na meninice, meus voos de imaginação, ao lado das declarações inventadas na hora para safar-me de algum malfeito, podiam resultar em castigos e broncas bravas, que geralmente remetiam ao mandamento que proíbe a prestação de falsos testemunhos, o sinônimo bíblico de "mentira". Muitos anos depois, porém, quando eu passei a contar minhas mentiras por escrito, apareceu gente dizendo que eu sou *criativo*. Pois é, em mentira escrita todo mundo acredita...

Lá pelos meus dez anos, a paixão da molecada eram os romances de cavalaria e os filmes que os recriavam. Eu era apaixonado pelas liças, em que cavaleiros enlatados como o Robocop atiravam-se feito tanques de guerra um contra o outro e perdia quem caísse do cavalo. É claro que a gente sabia que quem cairia do cavalo seria sempre o vilão, enquanto o mocinho sairia glorioso no final. Mas quanta emoção enquanto durava o suspense!

Essa paixão só fazia crescer. Certa vez, na estante de um tio, encontrei dois grossos volumes ricamente encadernados em couro. Ao abri-los, deparei com belíssimas gravuras em preto e branco que mostravam um velho muito alto e magro, de barbicha branca, envergando armadura e empunhando uma comprida lança. "Está pra mim!", pensei eu, atirando-me à leitura dos livrões, que só podiam ter sido escritos para meninos que sonhavam com cavalarias medievais. Foi assim que, atraído pelas ilustrações do francês Gustave Doré, li *Dom Quixote de La Mancha*, a obra-prima escrita pelo espanhol Miguel de Cervantes, como se fosse um livro juvenil... Daí confirmamos a importância dos ilustradores: será que sem o talento de Gustave Doré, um molequinho de doze anos se sentiria atraído a enfrentar o calhamaço escrito por Cervantes? É claro que não!

Ah, as belas e reluzentes armaduras! Uma vez, numa conversa excitada de moleques durante um recreio da escola, quando comentávamos o último filme de cavalaria, minha imaginação levou-me a afirmar que eu havia construído sozinho uma armadura daquelas, usando apenas folhas de flandres de latas vazias. Descrevi com detalhes a bela armadura, até mesmo a pluma que havia encontrado para enfeitar o elmo, quando os meninos começaram a duvidar da veracidade de minha narrativa, pedindo a prova final: queriam ver a tal armadura de lata. Estava eu a gaguejar alguma mentira para explicar-lhes a razão pela qual, naquele momento, eu me via impedido de fornecer a prova material, quando um deles, bem embarcado na história, afirmou já ter visto minha armadura, reforçando cada detalhe da minha mentirinha. Ufa, saí galhardamente da situação!

Cerca de dez anos depois, já tendo me mudado para São Paulo, passei a ser um assíduo frequentador da Cinemateca, que funcionava na Rua Sete de Abril, no prédio dos Diários Associados, onde estava também instalado o Museu de Arte de São Paulo. O Museu depois se mudou para a Avenida Paulista e a Cinemateca para a Rua da Consolação, nos altos do cine Ritz, que depois virou Belas Artes e que também não existe mais. O videoteipe e o DVD sequer sonhavam em existir, e a única alternativa para assistir a filmes raros, antigos, ou outros que jamais seriam lançados no circuito comercial era associar-se à Cinemateca, para conhecer obras-primas do cinema húngaro com legendas em tcheco, obras-primas tchecas com legendas em húngaro ou obras-primas japonesas sem legenda alguma.

Frequentando a Cinemateca, sentíamo-nos intelectuais importantíssimos, muito acima do comum dos mortais que tinham de contentar-se com filminhos "comerciais". Depois de cada sessão, saíamos à rua com aquele ar de conhecedores, cada um comentando a maestria do diretor, a incrível iluminação expressionista e tantas outras bobagens que os jovens sentem-se obrigados a declarar para sentirem-se pertencentes ao grupo. E essas

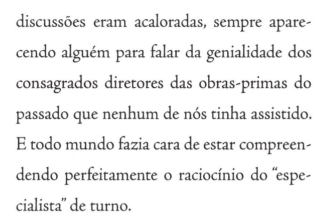

discussões eram acaloradas, sempre aparecendo alguém para falar da genialidade dos consagrados diretores das obras-primas do passado que nenhum de nós tinha assistido. E todo mundo fazia cara de estar compreendendo perfeitamente o raciocínio do "especialista" de turno.

Até que, certa vez, um colega mais cara de pau da faculdade, com uma maturidade bem maior do que a média, resolveu desmascarar a insegurança de todos nós, os bobocas metidos a sabidos, e declarou que aquilo não era nada:

— Vocês precisavam é conhecer os filmes do famoso cineasta chinês Li-Chung-Li! Aquilo sim é que é saber fazer cinema! Vocês deviam ter visto *Laranjeiras sangrentas*, com o grande ator Chung-Li-Chung!

Como eu já disse, no início dos anos 1960, muito antes dos videoteipes e DVDs, só mesmo alguém muito especial poderia ter assistido a filmes *tão* fundamentais para a história do cinema como os do gênio chamado Li-Chung-Li. E eu me divertia a valer, porque o colega já tinha anteriormente me contado do seu plano e da invenção dos tais nomes chineses. Resultado: todo mundo ouviu com respeito a descrição da apurada técnica do incrível chinês, sem que houvesse uma só alma que ousasse duvidar do meu amigo. E não deu outra: logo apareceu um, depois outro dos circunstantes, afirmando já ter assistido *Laranjeiras sangrentas* e confirmando as observações do gozador, acrescidas de suas próprias opiniões.

Eu me esforçava para conter o riso, lembrando-me de *A roupa nova do rei*, o conto de Hans Christian Andersen em que não só o rei boboca quanto toda a população do reino acredita que seu soberano está vestido com um lindo traje, que só os mentirosos e desonestos são incapazes de enxergar, até que uma criança berra lá do fundo: "O rei está nu!".

Já tarde da noite, voltando a pé para a pensão onde morava, fiquei pensando que as pessoas são mesmo bem fáceis de enganar. Qualquer político com boa lábia consegue se eleger mentindo o que quiser mentir e ninguém aparece para dizer que o rei está pelado.

Será que aqueles jovens inseguros, com medo de parecerem ignorantes, acreditariam se eu lhes dissesse que tinha uma armadura feita de latas de leite em pó guardada no guarda-roupa lá da minha pensão? E será que algum deles não apareceria para dizer que até já tinha visto a armadura?

É... as pessoas acreditam em tudo. E eu, que até hoje acredito em Dom Quixote?

21. O SEGREDO DE FLORENCE

Há acadêmicos
que xingam de "folhetins" alguns dos livros mais divertidos, aqueles escritos só para a gente preencher os momentos em que "não se tem nada pra fazer". Autores de livros xingados de "folhetins" foram criadores geniais, como Alexandre Dumas, o fantástico autor de *Os três mosqueteiros* e *O homem da máscara de ferro*; como

Edgar Rice Burroughs, que criou o imortal Tarzan; Rafael Sabatini, autor de *Scaramouche* e *Pimpinela Escarlate*; Victor Hugo, pai de *Os miseráveis*; e Robert Louis Stevenson, que nos deu *A ilha do tesouro* e *O médico e o monstro*.

Quando menino, sem saber que estas eram histórias "menores", eu me esbaldava com a criatividade desses fazedores de literatura, que abriam nossa sensibilidade preparando-nos para logo mais mergulharmos nas maravilhas de Shakespeare, Dostoievski ou Machado de Assis. Um dos meus mais queridos foi Maurice Leblanc, escritor francês nascido em 1864 e falecido em 1941. A partir de 1907, ele criou seu maior herói que era... um ladrão! Um ladrão elegante, educadíssimo, sempre de fraque e cartola, que roubava colares de diamantes das madames aristocratas com a suavidade de um pianista. Esse ladrão grã-fino chamava-se Arsène Lupin, suas aventuras renderam quase vinte histórias e eu fazia os maiores sacrifícios para comprar todas elas.

Os livros daquele tempo, se bem me lembro, não eram muito caros e a economia de umas duas mesadas, por mais magras que fossem, podia adquirir um deles. Era só diminuir o consumo de sorvetes e balas, que dava pra levar pra casa *O ladrão de casaca* ou *Tarzan, rei dos macacos*. Assim, aos poucos, fui comprando uma a uma as aventuras de Arsène Lupin. Depois de muito tempo e muita economia, cheguei ao "quase": só estava me faltando uma delas, com o título de O *segredo de Florence*. O livro havia sido publicado no Brasil, sim, mas essa edição devia ter-se esgotado há muito tempo e nem nos sebos de Santos era possível encontrar um exemplar.

Eu estava na primeira série do ginásio, hoje 6º ano, e um colega, ao saber do meu desejo de ler esse livro, disse que tinha um em casa. Roguei o livro emprestado e o sa-

cana disse que podia *vendê-lo* para mim. E fez um preço alto, mais caro do que o de livraria. Eu barganhei, chorei, mas acabei aceitando. Daí, economizei ainda mais, roubei moedinhas das bolsas de minhas tias e por fim acabei juntando a quantia necessária. O colega trouxe o livro no dia seguinte e ficou com minhas economias. Exultante, peguei o tão esperado exemplar, acariciei-o, cheirei-o, guardei-o cuidadosamente na mala escolar e passei o restante da aula, até o recreio, pensando no prazer com que eu saborearia naquela tarde a última aventura de Arsène Lupin que eu nunca havia lido.

O recreio chegou mas, na volta à classe, o livro havia desaparecido da minha mala!

Desespero! Quem teria sido o ladrão safado que furtara a aventura daquele ladrão elegante? Chorei, sei lá o que mais fiz, mas o livro jamais apareceu. Meses mais tarde, fiquei sabendo por um honesto dedo-duro que o furto fora cometido justamente pelo colega vendedor, que havia retirado às ocultas o livro da prateleira do pai e, depois de roubá-lo de volta, o havia reposto no lugar, já que não tinha licença de vender as propriedades da casa... Decididamente aquele menino iniciara uma carreira de desonestidade bem menos charmosa do que a de Arsène Lupin.

Anos depois, já adolescente, eu fazia teatro amador com o grande dramaturgo

santista Plínio Marcos. O Plínio, como vivia só do pouco que conseguia com as ajudas de custo recebidas pelas peças que escrevia e encenava, tinha de recorrer a alguns trambiques para tocar a vida. Em suas idas a São Paulo, comprava camisas e malhas nas lojas populares da Rua 25 de março e depois as vendia aos amigos dizendo tratar-se de peças importadas da Argentina ou da França. Eu já ganhava meus trocados com matérias para jornais e dando aulas particulares, já não era tão duro e até achava graça nos expedientes do Plínio. Até hoje penso que valia a pena pagar um pouco mais caro por alguma coisa para manter vivo e atuante um gênio como foi o autor de *Dois perdidos numa noite suja* e de *Navalha na carne*.

Mas, dentre os mais engraçados golpezinhos do Plínio, teve o de *O pagador de promessas*. Esta brilhante peça de Dias Gomes acabara de ser montada em São Paulo e seu texto fora publicado em livro pela

Editora Agir. Como Santos não tinha livrarias poderosas que pudessem exibir todos os lançamentos, muitas publicações só poderiam ser compradas por quem pudesse ir a São Paulo. E nós, os jovens que na época respirávamos teatro, ansiávamos por ler aquele texto tão comentado por todo mundo. Daí veio o Plínio com a história de que poderia conseguir o livro para nós, pois estava para viajar para São Paulo, certamente para abastecer-se de malhas e camisas "importadas", e ofereceu-se para comprar o tal livro para quem quisesse... Vários de nós, então, demos dinheiro a ele para que nos trouxesse O *pagador de promessas*. E ele trouxe *um* exemplar. Apenas um. Daí, entregava o livro para o primeiro da fila que lhe havia dado dinheiro e, na mesma hora, pedia para que o exemplar lhe fosse emprestado, prometendo devolvê-lo no dia seguinte porque ele ainda não tivera tempo de lê-lo e, em seguida, entregava o livro para o segundo, fazia o mesmo pedido e assim, uma após a outra, cumpriu com todas as encomendas. A partir daí, ninguém podia dizer que o Plínio havia ficado com o dinheiro – o máximo de que podíamos nos queixar era de que o Plínio tinha em seu poder um livro nosso "emprestado"...

Grande Plínio! É claro que acabei conseguindo outro exemplar de *O pagador de promessas*, assisti mais de uma vez a famosa montagem da peça e minha amizade e minha admiração por Plínio Marcos só fez aumentar ao longo dos anos. Mas... mas ao pequeno estelionatário do Colégio Canadá eu jamais pude perdoar.

Nessa história de ladroagens, quem é o mais ladrão? O menino golpista da escola? Plínio Marcos com suas artimanhas? Eu mesmo, que furtei moedas das bolsas de minhas tias para comprar gibis e livros de aventura? Ou o educado e elegante ladrão francês de colares de diamantes?

Sei lá. O que eu sei é que nunca li *O segredo de Florence*. Nem mesmo sei se "Florence" é o nome de uma personagem ou o modo francês de nomear a linda cidade italiana de Florença. Alguém pode me emprestar esse livro? Juro que devolvo!

22. APARELHO NOS DENTES

Um de meus filhos

era pequeno quando teve de usar aparelho de correção dentária e, ao ficar sabendo que quando eu tinha sido criança tantas coisas eram diferentes e menos elaboradas do que as que ele conhecia tão bem, perguntou:

— Pai, no seu tempo aparelho era de pau?

Pois é. Não passava pela cabeça dele que as coisas que ele conhecia poderiam não existir no passado. Deveriam existir, sim, só que fabricadas de modo mais primitivo. A televisão, o *video game*, o computador, os automóveis e até os aparelhos dentários deviam ser feitos de pau.

Eu havia usado aparelho, sim, e não era feito de pau. Era mesmo uma aranha de acrílico transparente, cheia de aramezinhos que se encaixavam entre os dentes para que no futuro pudéssemos exibir dentaduras de artistas de cinema. Minha mãe certamente devia ter recebido ajuda financeira de alguma tia para aquele tratamento, e eu estava bem consciente da "fortuna" que o dentista estava cobrando por ele.

Mas o aparelho era muito desconfortável e, sempre que minha mãe não estava por perto, eu o usava sob o travesseiro na hora de dormir, ou no bolso do uniforme quando estava na escola.

E foi no primeiro ano ginasial, hoje 6º ano, no Colégio Canadá que eu fui jogar bola no recreio e, como todos nós usávamos calção por baixo das calças, tirei-as e pendurei-as na cerca da quadra de esportes, com o aparelho no bolso, bem guardadinho. A partida de futebol terminava com o sinal de fim do recreio e todos corríamos para enfiar nossas calças e chegar suados e fedidos nas salas de aula.

Mas foi só apalpar a calça do uniforme para chegar à terrível conclusão: o aparelho tinha sumido!

Aflito, pus-me a esquadrinhar o chão, a grama em volta, numa procura sôfrega, desesperada. Tanto haviam falado do custo imenso daquele aparelho que eu me sentia como se tivesse perdido a chave da arca do verdadeiro tesouro do Capitão Cavendish. Aterrado, desnorteado, comecei a chorar.

Foi aí que vi aproximar-se um garoto muito loiro, muito branco, olhos claros, bem alto para a idade, cuja presença na escola eu já havia percebido. Veio e perguntou o que estava acontecendo. Entre lágrimas, contei-lhe do meu infortúnio, do desastre financeiro que eu estaria causando à minha família com aquela perda, e ele disse:

– Calma, eu fico contigo e ajudo a procurar.

Ambos sabíamos que a pena para entrar atrasado em classe depois do sinal equivalia a receber na certa uma suspensão. Para mim, essa pena seria o mais leve que podia me acontecer, desde que eu encontrasse o aparelho perdido. Mas, para ele, que não tinha nada com isso, que nem me conhecia, seria uma grossa injustiça. Fiz ver isso ao rapazinho, mas ele não ligou. Depois que todos os alunos já tinham desaparecido do recreio, engolidos pelo prédio da escola, lá ficamos os dois, alisando com as mãos todo o chão do pátio, sob o sol violento de Santos, sem descanso...

O aparelho nunca foi encontrado, mas, naquela manhã, eu encontrei algo mais valioso do que o tesouro do Capitão Cavendish: um amigo de verdade.

Não me lembro das consequências daquele episódio. Não sei se fui punido pela minha mãe e nem mesmo se ambos fomos suspensos. Mas, ainda que eu tivesse levado a maior surra do mundo e sido suspenso por uma semana, teria valido a pena perder o aparelho dentário.

23. UMA ALTERNATIVA AO DESESPERO

Em criança, nunca me senti sozinho, pois vivi cercado por uma multidão de companheiros: cacei onças com meu amigo Pedrinho, mergulhei nas águas claras dos riachos

com minha namorada Narizinho, rolei de rir com as "asneiras" da Emília, voei em cipós com Tarzan e seus macacos, esgrimi contra os aristocratas com Scaramouche, desafiei os "guardas do cardeal" com D'Artagnan, estive preso na ilha de If com o Conde de Montecristo, fugi de Javert com Jean Valjean, sobrevivi numa ilha deserta com Robinson Crusoé, persegui Moby Dick com um comandante maluco de uma perna só, fui enganado pelo fantástico pirata Long John Silver, ajudei Miles Hendon a proteger o príncipe nas rou-

©ANDRÉ LEBLANC/MONTEIRO LOBATO - TODOS OS DIREITOS RESERVADOS; LEE FALK & FRED FREDERIKS/DIST. KING FEATURES SYNDICATE/IPRESS; STOCK ILLUSTRATIONS/ALAMY/GLOW IMAGES; LEE FALK-GEORGE OLESEN (DRAWING)/ DIST. KING FEATURES SYNDICATE/IPRESS; ALBUM CINEMA/LATINSTOCK; EVERETT COLLECTION/GLOW IMAGES; STEPHANE DE SAKUTIN/AFP; REPRODUÇÃO; ORONOZ/ALBUM CINEMA/LATINSTOCK; PHOTO12/AFP; TRAVEL/ALAMY/GLOW IMAGES

pas do mendigo, vagabundeei pelo Mississippi com Huck e Tom Sawyer, demoli moinhos de vento com a lança de Dom Quixote, espionei Arsène Lupin roubando colares de diamante, ajudei Quasímodo a badalar seus sinos pelo amor da cigana Esmeralda, enregelei-me no Alasca afagando o pelo espesso de Caninos Brancos e cavalguei destemido pelos pampas gaúchos na companhia de Rodrigo Cambará. Que trabalheira! Quantos amigos! Que gostoso!

Começo dos anos 1980 do século passado, já estava há dez anos escrevendo histórias infantis para revistas de banca, eu recém havia me decidido pela dedicação total àquela atividade: depois de dezenas de historinhas publicadas nas tais revistas, minhas invenções começavam a sair em livros. E, como todos do meu ramo, iniciava-se também a tarefa paralela de quem escreve para crianças e adolescentes: as visitas a escolas, para as chamadas "palestras para os alunos", tarefa árdua que desempenhávamos com vigor e alegria. Sob o ponto de vista das editoras, o intuito daquela atividade era "promover" a venda dos livros, mas acabávamos comparecendo a escolas estaduais e municipais, cujas professoras jamais poderiam pedir aos alunos que comprassem nossos livros. Dentro de meu peito, porém, pulsava um coração esperançoso à espera do dia em que a injusta exclusão da maioria dos brasileiros diminuísse através da democrática oferta de conhecimento para todos os meus conterrâneos, e eu sempre arranjava um jeito de fazer essas visitas.

Foi nessa época que visitei uma escola municipal em São Paulo, na carente periferia. Tendo já visto tantas escolas públicas malconservadas, vidraças quebradas, comentei com a diretora a beleza daquela, toda reluzente, branquinha como no dia de sua inauguração. E a diretora explicou-me que, na verdade, a escola estivera tão destruída como tantas que eu conhecia, mas que acabara de ser reformada, pois havia sido totalmente incendiada... pelos próprios alunos.

Ainda sob o espanto da informação, fui conversar com uma pequena multidão de jovens daquela escola. Dentre eles, no meio de tantas expressões desconfiadas, algumas até agressivas, destacou-se uma adolescente ansiosa, que não parava de perguntar. Suas nervosas indagações eram sempre sobre livros, sobre enredos variados, numa demonstração rara de afinidade com a literatura. Findo o encontro, fui tomar o costumeiro cafezinho na sala dos professores e indaguei à diretora sobre a menina, destacando que, apesar da admirável ligação com os livros, ela merecia cuidados especiais, pois sua ansiedade beirava o patológico. E a diretora me reservava mais uma surpresa: a menina morava nas condições mais sub-humanas que se possa imaginar, seu pai era um alcoólatra desempregado que surrava a mulher e os filhos todos os dias e a pobrezinha vivia em puro desespero. Como alternativa à loucura, ela havia descoberto um refúgio: os livros. Frequentava as aulas pela manhã e, apesar de a escola não oferecer ensino em período integral, a diretora, alerta para as dificuldades da aluna, permitia que ela almoçasse e jantasse na escola junto com os funcionários, que com ela dividiam suas marmitas, permanecesse na biblioteca durante toda a tarde, e depois durante todo o período noturno do supletivo. Só quando a escola tinha de ser fechada, a garotinha ia para seu barraco, levando livros da biblioteca. Ela havia ganhado de uma professora uma lanterna a pilha e, refugiada em um

canto da crueldade do pai alcoolizado, lia até adormecer.

Ela era o que eu fora! Aquela menina havia encontrado um refúgio para a loucura e para o desespero semelhante ao que eu encontrara para minha solidão infantil: mergulhada nos livros, ela vivia outras vidas, sonhava outros sonhos, consolava-se do destino injusto que lhe coubera e alcançava outras dimensões enquanto esperava passar as dores das pancadas do tresloucado pai.

Do ponto de vista de meus professores, talvez eu tenha sido um "mau" aluno, porque, na véspera de alguma prova de Física, eu varava a noite lendo romances ou peças de teatro. Mais do que pela escola, eu fui educado pela literatura. Graças a essa educação heterodoxa, aprendi um mundão de coisas, estudei e estudo demais tudo aquilo que quero, fiz a faculdade que escolhi e hoje vivo feliz e cuido muito bem de minha família, tendo livros traduzidos até para o grego e o sérvio. Por que então outros meninos pobres como eu fui não poderão construir sua felicidade futura navegando por páginas impressas, sentindo o cheiro da cola nas lombadas dos livros e apalpando a maciez do papel enquanto sua mente viaja por mundos fantásticos, raciocina sobre as emoções humanas, aprende a viver?

O Brasil é pobre, violento, atrasado, porque os caminhos desastrados de nossa História produziram uma sociedade em que somente uma minoria dos brasileiros entende o que lê. Construímos um País sem livros, sem acesso democrático ao Sonho, ao Conhecimento e à Esperança. A maior parte de nossa população vive excluída, porque jamais lhe foi oferecida a única arma que pode levá-la à vitória na batalha pela vida: o livro. Em pleno século XXI, como podemos sonhar com um futuro melhor nessas circunstâncias?

Mas hoje vivemos numa democracia e ouvimos já muita gente importante clamando por uma educação universal e de boa qualidade, exigindo o acesso ao livro, a todos os livros. Muitos professores concordam comigo. Mal pagos, pouco apoiados pelos próprios pais de seus alunos, nunca deixaram de ser especializados em amor, oferecendo essa que, para mim, é a única alternativa à loucura e ao desespero: a leitura prazerosa e livre. São civilizadores que espalham livros ao vento como um semeador planta a vida.

No meu entender, o aprendizado é uma tarefa individual – ninguém aprende com os professores, todos aprendemos sozinhos. O professor não ensina: sua missão é propor, estimular, provocar, seduzir, de modo que os alunos possam, motivados, buscar solitariamente nos livros os caminhos da liberdade e de sua felicidade futura.

Graças à sorte que há tantos anos me permitiu trilhar esses caminhos, eu pude construir uma vida feliz e realizada. Será que aquela menina da escola municipal também conseguiu? Ah, eu espero que sim! Ah, eu sonho que sim! Eu gostaria de saber que as aventuras loucas que escrevi com paixão a tenham marcado mais do que as porradas do seu pai.

Querida menina nervosa de quem eu não guardei o nome, queridos meninos e meninas esperançosos que me leem há tantos anos: é para pessoinhas como vocês que eu escrevo. É pela felicidade de vocês que eu vivo.

Pedro Bandeira

Meu nome é Pedro Bandeira.

Nasci em Santos, em 1942, e mudei-me para São Paulo em 1961. Cursei Ciências Sociais e desenvolvi diversas atividades, do teatro à publicidade e ao jornalismo. A partir de 1972 comecei a publicar pequenas histórias para crianças em publicações de banca até, desde 1983, dedicar-me totalmente à literatura para crianças e adolescentes. Sou casado, tenho três filhos e uma porção de netinhos.

O beijo negado é uma coletânea de histórias que aconteceram de verdade, pode crer. Todo mundo já cansou de ver filmes norte-americanos de julgamento em que as testemunhas juram "dizer a verdade, toda a verdade, só a verdade e nada além da verdade", não é? Pois eu juro que, nas crônicas deste livro, eu digo *a verdade. Mas não sei se digo toooda a verdade, e garanto que não digo sóóó a verdade e nada além dela, pois escritor é feito as quituteiras que, depois de tirar o bolo do forno, fofinho, cheiroso e pronto para consumo, ainda capricham cobrindo-o com glacê, confeitos coloridos e morangos espetados na cobertura.*

Apesar dos exageros devidos à profissão, que você há de desculpar, juro que tudo que está aqui aconteceu mesmo comigo entre meus dois anos e as vésperas da puberdade, na cidade de Santos, onde nasci e me criei até os 18, quando me mudei para São Paulo.

São recordações de um menino antigo, de um tempo antigo, quando não havia televisão, video game nem computador. Mas tempos gostosos de se viver, como deliciosos deveriam ser sempre todos os anos de todas as meninices de todos os tempos.

Feche os olhos, procure pescar também lááá no fundo de sua memória e você há de redescobrir uma porção de momentos deliciosos, em que você foi tropeçando, tentando, brincando e aprendendo a viver. Aí, você há de concordar comigo: é muito gostoso ser criança!

Para me conhecer melhor, acesse o *site*
www.bibliotecapedrobandeira.com.br